【新装版】

石部魂子教授の事件簿

入部明子

目次

1　祈祷師……一
2　青いオーラの妹……一七
3　母の思い出……三一
4　愛される自分……四八
5　壊された心……六〇
6　三人の久美……七五
7　本当の私……九三
8　友だちのミケ……一〇六
9　赤いジャケット……一二〇
10　射幸心……一三五

1　祈祷師

「魂子《たまこ》先生、魂子先生」

どこかで魂子を呼ぶ声がする。声のする方を振り向くと、授業が終わったばかりの大教室の前で小さく手を振る田部幸子《たべさちこ》がいた。言語学部の一年生だ。

「先生、お話できる時間ありますか？」

オーラの色は黄色。オーラの色は日によって変わることが多いが、田部幸子のオーラの色はいつも黄色だ。黄色いオーラをまとう学生は悩みが深いことを魂子は経験的に知っている。

「授業についての質問かな？」

「いえ、個人的な相談です」

笑顔をたたえたまま幸子は答えた。

「個人的な相談か……担当のアドバイザーの先生じゃなくてどうして私なのかな？」

「えっと、魂子先生はあれだから」

幸子は笑顔のまま、意味のわからない返事をする。

「あれだから？」

「ん……あの……魂子先生はスピリチュアルな力があるから」

幸子はためらいがちに答えた。あぁ、そういうことかと魂子は思った。以前、学生相談の時に少しそんな話をしたことがあったが噂が広まるのは早い。不運が続く学生に「努力していれば運が開くよ」と言ったところ「先生、確証がありますか？」と問われた。そこで「オーラもだんだん緑色になっているしね」と見えているオーラを思わず口にしたことが噂の始まりだったのではないかと思う。

魂子の母親の話によると魂子が生まれる時に、虹色の光が見えて「魂の子」という声が聞こえたのだとか。だから名前は「魂子《たまこ》」。一度聞くと覚えやすい名前のためか、学生からは姓よりも名で呼ばれることが多い。「魂子」という名前は、言わば産まれる前から決まっていた神様のお墨付きの名前なのだ。だからというわけではないが、魂子には虹色のオーラが見える。ぼんやりと人が体にまとう七色の光が幼い時から見えていた。中学二年生になるまでは皆にも見えているのだと思っていたが、その能力が特別だと気づいたのはある出来事がきっかけだった。

中学二年生の時、合唱部の部長だった魂子は練習に来た生徒のオーラが黒いことに気づいた。オーラが無色ということも稀にあるが、そんな時は白くもやがかかったように見える。だが、その生徒は黒い何かにおおわれたようになっていて、なんだか不吉なものを感じた。注意深くその生徒を見ていたが、オーラの他には不審なことは一つもなく、通常通り合唱をして彼女は帰っていった。しかし、その生徒はその後二度と学校に来ることは無かった。その日の夜に他者から命を奪われてしまったのだ。その時初めて自分だけがその前兆に気づいていたことを知った。魂子がそのことを伝えてあげたら、もっと気をつけて過ごしたのではないか。後悔が自分を知るきっかけになった。それ以来ずっと魂子は人が体にまとうオーラを見ながら、それをどう生かすべきかを考えて生きている。

　幸子のオーラの色は黄色。それを本人に言ったことは無い。魂子は問われなければ答えない。聞きたくない人もいるだろうし信じない人も多い。魂子はオーラも見えるが、生霊《いきりょう》や霊魂、その人の将来も映像のように見ることができる。だが、占い師をやるつもりはない。物事を論理的に思考し今を大切に生きたいと考える言語学者だ。一方で、オーラが見える非論理的な事実も否定できない。その二つが同じ自分の中にあることが不思議だが、そうやってバランスをとっているのかも知れない。

　田部幸子の相談を金曜日の午後のオフィスアワーで受けることにした。それは幸子が先週書いたエッセイに気になる点があったからだ。エッセイのテーマは自由だがプロットは指定していて「詳細な叙述」というプロットだった。「詳細な叙述」とは、一つのテーマについて部分的な内容から書き始め、細部について触れ、最後は全体像について書くというプロットで、それを知らない人にも目に浮かぶように書かなければならない。幸子が選んだテーマは「母」だった。

【部分】その人に接すると心が安心する
【細部1】その人は私と同じような身長
【細部2】その人の性格は穏《おだ》やかで優しい
【見せ場】その人は辛いことがあっても負けない強さがある
【全体】その人は私が心配ばかりかけている最愛の母だ

プロットに即して書かれたエッセイを読むと、母親の姿が目に浮かぶようだ。年齢は五十五歳で背丈は一五三センチほど。少しふっくらとしていて、笑顔が優しく、どんなに仕事が忙しくても弱音を吐かない家族思いの人である。ただ、腰が悪く階段を昇る時などはいつも辛そうにしている。幸子は三人姉妹の末っ子で病弱だったから心配ばかりかけている母に申し訳なく思っていて、いつか恩返しをしたいと思っている。そのようなことが書かれていた。

魂子が気になったのはエッセイで繰り返される一つの言葉だった。幸子はエッセイで「申し訳ない」という言葉を繰り返し使っていた。プロットに沿って書かれており評価は満点だが、「母」をテーマにしているというよりは、「申し訳ない私」というテーマの方が合っているようなエッセイだった。まるで謝罪文のようなエッセイは、悩みがあることを表す幸子の黄色いオーラとぴたりと合っていた。

＊＊＊

幸子は約束した通り金曜日の午後のオフィスアワーに研究室に来た。白いブラウスに薄いグリーンのくるぶしまである薄手のスカートをはいている。肩まで伸びた髪は栗色だ。肌が透けるように白い。

大学の研究室の広さは、国で定められた基準以上の広さが必要だが、その空間をどのように使うかは大学教員に任されている。本で埋め尽くされた研究室もあれば、研究室にほとんど物を置かない者もいる。魂子は、学生とゆっくりと話しができるように二人がけのソファを「く」の字に二つ置いている。最大で四名の学生と同時に話ができるように置いたものだ。縦にえんじ色のストライプの入った小花柄の二人がけのソファに、少し紫がかったピンク色の二人がけのソファ。明るい気持ちで学生に話してもらえるように配慮している。

幸子は紫がかったピンク色のソファにトートバッグを置くと、小花柄のソファに腰かけた。魂子は幸子と目が合ったのをタイミングに声をかけた。

「今日はどんな相談かな？」

「実は、私の母のことなんです」

幸子が申し訳なさそうにうつむき加減で答える。

「お母さんのこと？」

予感はあったが、何を聞かされるのか不安がよぎった。幸子は膝の上で握っていた両手を開いてスマートフォンに電源を入れた。

「母の写真を見てもらえますか？」

大きな瞳で魂子を見つめる。

「どうかな。写真じゃわからないかも。いつ撮った写真なの？」

「今朝撮った写真です。」

幸子が笑顔で答えた。採りたて野菜じゃないが、鮮度の高い写真を二人で相談して撮ってきたのだ。幸子は母親を心配して相談に来たのではなく、母親の代理で相談に来たのだと魂子は思った。

出勤前なのだろうか、幸子の母親は上下紺のスーツで両手を真っ直ぐ下げ、緊張した面持ちで写真に収まっていた。写真ではオーラの色まではわからないことが多い。だが、母親について語る幸子の言葉が母親の姿にオーラの色を補う。差し出されたスマートフォンの写真から目を離さずに魂子は幸子に尋ねた。

「写真を撮る時に何かお母さん言ってた？」

「これでいいかなって、何度も聞かれました」

「ちょっと緊張している感じだね」

「先生に見せる写真だから緊張するって言ってました」

その瞬間だった。写真にすっと黄色いオーラがかかる。幸子と同じオーラの色だ。黄色いオーラは幸子のオーラではなく、母親のオーラの影響を受けた色なのかも知れない。

「何かお母さんから伝えて欲しいって言われていることがあるのかな？」

幸子の顔を見ると、再び申し訳なさそうにスマートフォンの母親の写真をスライドさせて、今度は男性の写真を表示させた。

「父の写真も見てもらいたいんです」

もしかしたら家族全員の写真を撮ってきたのだろうか。

「お父さんの写真も今朝撮ったの？」

「はい」

幸子は素直に答えた。母親とは異なり、上下グレーのスウェットで困惑した表情の父親の姿がそこにはあった。やせ細った父親の写真にはすでに黄色いオーラが薄く見える。

心配そうに魂子と写真を交互に見る幸子に魂子は声をかけた。

「写真から何を見ればいいのかな？」

「父と母は大丈夫なんでしょうか？」

幸子はいきなり本題に入った。

「大丈夫かどうか」を学生は聞きたがる。「単位が取れているかどうか」「再試験にならないかどうか」「彼氏とうまくいくかどうか」……「大丈夫」は人それぞれ違う。幸子の問う「大丈夫」は何だろう。両親の仕事の問題なのか、健康の問題なのか……。

「ご両親のことが心配なんだね。田部さん自身のことで何か心配なことは無いの？」

幸子は首を横に振りながら声を震わせてつぶやいた。

「申し訳なくて」

その瞬間に、幸子の黄色いオーラに変化が表れた。

オーラの中からざわめきが聞こえる。誰かが説教をする声、誰かが謝る声、誰かがすすり泣く声がかすかに聞こえてきた。

「田部さんがご両親に申し訳ないということなのかな？」

「……」

幸子はうつむいたまま返事をしなかった。謝る声は男女の声で、おそらく幸子の両親なのだろう。では、この説教をする声の主は誰なのか。幸子が返事をしないところを見ると、第三者がそこには介在するのだ。オーラを見るスピリチュアルな魂子と冷静に分析する魂子がバランスをとる。

「誰か田部さんのことを心配している人が他にもいるんだね」

幸子は顔を上げなかったが、顔は見えなくても大きな瞳に涙があふれていることがわかる。その時だった。幸子の背後にすっと人影が立った。中年の黒縁メガネをかけた目つきの悪い男がこちらを見ている。生霊《いきりょう》だ。

「この子は努力しない。この子には信心深さがない。この子には運がない」

男は唐突に魂子に話しかけてきた。

「何？」

驚いて思わず声が出てしまった。涙を拭きながら幸子が顔を上げた。

「先生、何か言いましたか？」

幸子に問われどう答えようかと迷ったが、魂子はとにかく目つきの悪い男を幸子から払いのけたかった。

「どう言ったら良いかわからないけど、得体の知れない人の言うことを信じちゃだめだよ」

そう言うと幸子の瞳から大粒の涙がこぼれた。

「父と母が、私のことを心配して近くに住む祈祷師という人に相談したんです。そうしたら私の心が悪いから努力もしないし、成績も悪いし、大学は卒業出来ないって。父と母はそれからしょっちゅう、その祈祷師にお金を払って祈ってもらいにいくようになったんです。もう半年ほどになります。このままだと私も両親もどうなってしまうのか、不安で眠れないんです」

魂子は目つきの悪い男をにらみながら幸子の話を聞いていた。男はにたにたと笑ってこちらを見ている。生霊となってここに現れるくらいだから、相当この家族を食い物にしているのだろう。魂子は幸子の追い詰められた気持ちがようやくわかってきた。

「田部さんのエッセイを読むと日々努力していることがよくわかる。もっと自分を信じなくちゃ」

幸子はハンカチで目頭を押さえながらうんうんとうなずく。幸子の黄色いオーラに穏《おだ》やかな心を表す緑の光が差してきた。幸子の気持ちが黄色いオーラを緑色に変えているのだ。

「先生、祈祷師の言っていることは間違っていますか？」

幸子がハンカチで涙を拭いながら尋ねた。

「大間違いだよ。田部さんのことを何も知らない人じゃない」

幸子は何度もうなずいた。

「田部さんのことを一番良く知っているのは田部さん自身でしょ。お父さん、お母さんにもっと田部さんを信じてもらおう」

「はい。そうします」

幸子の言葉に力がこもる。

「魂子先生、最後に私のオーラの色を聞いてもいいですか？」

「とても綺麗な緑色のオーラだよ」

幸子の今日一番の笑顔が輝いた。

幸子の背後にいた男の姿はいつの間にか消えていた。人の心の弱さにつけ込む、言葉に魂のない鬼のような人たちがこの世にはいる。そんな人たちに大切な学生を奪われたくないと魂子は思った。

幸子が研究室を出た後、ふと研究室の窓の外を見ると筑波山が青く見えた。その中腹に筑波山神社に通ずる赤く大きな鳥居が見える。筑波山神社が一息つきにおいでと呼んでいるような気がした。

＊＊＊

筑波山神社は大学から車で三十分ほど走った筑波山の中腹にある。つくば市内にある大学の院生時代の五年間、大学教員になってから二十八年間、合わせて三十三年間も魂子を見守り続けてくれている。

大学教員になって三年目のことだっただろうか。心身ともに疲れて前に進むのが辛く、這《は》うようにして筑波山神社に行ったことがある。筑波山神社に着くと随神門《ずいしんもん》の右側の柱に二メートルほどの白蛇が巻きついており、上から魂子を眺めていた。その鎌首が動いた瞬間、肩からドサッと重荷が降りたような気がした。身体が軽くなり世界が明るく見えた。有り難いことだと思った。長年通っているためか筑波山神社で起こった不思議な出来事は他にもいくつもある。

筑波山には常陸の国を守る龍神が住んでいることを魂子は知っている。龍神が筑波山に出入りするところを見たことがあるからだ。龍神の通るルートは決まっていて魂子の研究室もそのルート上にある。その恩恵を受けて魂子の研究室は浄化され、学生のオーラが見やすい状態に常に保たれている。

筑波山神社の随神門（茨城県）

2　青いオーラの妹

石部《いしべ》魂子《たまこ》は言葉の教育の多くをアメリカの大学で学んだ。日本の大学を休学して、アメリカの大学の教育学部に編入し、日本で言う言語教育論のような科目を数多く受講した。そこで学んだことは言葉の教育は生きるための教育であるということだ。人とつながるための言葉、教養を身につけるための言葉、自分を守るための言葉。言葉を教えるということは生きることを教えることに直結している。自分らしく生きていくための言葉を獲得し、それを使えるようになり、必要な言葉を新たに獲得していく。その支援をしていくのが言葉の教育なのである。

　魂子が教える言語学部の言語表現の授業は、自身の経験や体験をプロットという型を通して相手にわかりやすく表現する技能を学ぶ必修科目である。評価はプロットに合わせて表現できるかどうかということなので、内容の良し悪しまでを評価するものではない。どんな内容であってもプロットに合っていれば評価は満点となる。それでも学生のエッセイを毎時評価していると学生の価値観や学生の生育歴、学生の夢などが立体的に浮かび上がってきて、学生の気持ちに寄り添った指導になってくる。ただ点数を学生に知らせるのではなく、一言コメントを書きたくなる。共感している、応援している、楽しみにしているなど、学生のこれまでの頑張りや悲しみ、喜びや怒りに一声かけたくなるのである。

　そんな学生の一人に林達夫《はやしたつお》がいた。達夫の書くエッセイは別の次元の内容だった。他の学生と何が違うのかと言うと、視点が違うのだ。自身の経験や体験を語るのだから、「私」が視点となるのが普通だが、達夫のエッセイは全てが達夫の妹の視点から書かれたものだった。もしかしたら、達夫自身はそのことに気づいていない可能性がある。自身の経験や体験を書きながら無意識に妹の視点から書いているのかも知れない。

　達夫のエッセイに魂子が違和感を持ったのは、文字がところどころ光って見えたからだ。文字が光っていることに気づいたのは六回目のエッセイだっただろうか。「時系列の順序」というプロットでエッセイを書かせた時だった。「時系列の順序」とは文字通り、時間の経過がわかるように書くエッセイだ。達夫はこの時も妹の視点を通してエッセイを書いていた。プロットは次のような内容だった。

【開始点】美術館の入り口に着いた
【時点1】ゴッホのひまわりの絵を見た
【時点2】ルノワールの少女の絵を見た
【見せ場】モネの睡蓮の絵を見た
【終点】悲しい気持ちで自宅に戻った

楽しみにしていた美術展に行ったものの、思っていたよりも楽しい気持ちになれず、むしろ悲しい気持ちになって自宅に帰った話だった。視点はいつものように妹の視点から語られていた。エッセイは次のような文章から始まる。

「妹は幼い時から絵が好きで、ニューヨーク美術館展があるというので、東京の美術館を訪れた。チケット売り場は長蛇の列でかなり待ったが、館内に入ると違う国に行ったような気持ちがしてきた。妹はある絵の前で立ち止まった。入り口から歩いて十分ほどの場所に飾ってあった絵だ。ゴッホだ。妹はゴッホの描いたひまわりの絵をじっと見つめている。その絵を見ようと次々と人が並ぶが、妹は動かなかった。五分、十分と時間が経った。大きな花瓶に生けられたひまわりの束がなぜそんなに気になるのだろうか。」
と、その直後の文字が光ったのだ。

「枯れていく」

そう達夫の妹は言ったそうだ。文字が光るのに驚いたが、気のせいかと思いさらに文章を読み進めた。

「妹はゴッホの絵を見た後、一つ一つの絵を少しずつ見て先に進んだ。そして今度はルノワールの絵の前でぴたりと歩みが止まった。ゴッホの絵に二十分ほど費やした後、ルノワールの絵の前でも二十分ほど絵を眺めていた。それは淡いピンク色の服を着た少女がこちらを見ている絵だった。その目はなんとなくぼんやりとしていて、微笑んでいるような、何か考え事をしているような絵だった。」

そして、その直後の文字もまた光った。

「怖いよ、怖いよ」

達夫の妹は絵を指さしながら何度もつぶやいたそうだ。何が怖かったのだろうか。少女のぼんやりとした目なのか、あるいはその少女が迫ってくるように見えたのか。その後、モネの絵についての文章の中の文字も光った。

「さらに二十分後、妹はモネの睡蓮の絵を長い時間眺めていた。睡蓮の絵の前では三十分ほど座り込んで見ていた。妹は急に立ち上がるとなぜか大声で笑った。まだ小学校四年生の子どもだから誰も注意しなかったけれど、笑うような絵ではないことは誰もがわかっていた。その後、妹は大声で叫んだ。」

「沈んじゃえ！」その文字は他の二つの文字よりもいっそう光っていた。達夫はエッセイの最後に妹は絵を見る目があるだけではなく、絵を描くことも得意だと書いていた。

実は文字が光る理由を魂子は知っている。同じようなことがずいぶん前にあったからだ。魂子は達夫の書いたエッセイの文字が光る理由がそうであるかどうかを確かめるために達夫のエッセイに次のようなコメントを付けた。

「妹さんはとても絵が好きなのですね。妹さん自身も絵を描くのが好きとのことですので、いつか妹さんの絵を見てみたいです。」

そのいつかは、ほどなくやってきた。

＊＊＊

大学には学生の相談を受けるためのオフィスアワーという時間がある。各教員が自分の授業外の時間を九十分間、オフィスアワーに当てることになっている。授業のコマ数の多い魂子は、やむなく金曜日の五限、午後四時二十分から午後五時五十分をオフィスアワーに当てている。週末の遅い時間は学生も疲れていてオフィスアワーに来る者はほとんどいない。それでも、その時間は研究室で待機しなければいけないのだ。

時計が午後五時三十分をまわり、そろそろ帰り支度を始めた時だった。研究室のドアをノックする音が聞こえた。こんな遅い時間に、と思いながらドアを開けると達夫が立っていた。

「どうしたの？質問かな？」

魂子が声をかけると、達夫は少し照れた様子で

「先生に見せたいものがあります」

と手元の大きな紙封筒に目をやった。

「どうぞ入って」

達夫を研究室に招き入れた。達夫は小花柄のソファに腰掛けると、再び紙封筒に目をやった。

「もしかしたら妹さんの絵を持って来てくれたの？」

魂子から声をかけた。

「はい。先生が見たいっておっしゃっていたから」

「ありがとう。妹さんには許可取って来たの？」

そう笑いながら達夫に言うと、達夫は元気よく「はい」と返事をした。

魂子は、達夫から紙封筒ごと絵を受け取った。持った感じは四、五枚の絵が入っているようだ。おそらくＡ４サイズの画用紙に大きく描いた水彩画だろう。そんなことを考えながら紙封筒から絵を取り出した。絵を見た瞬間、自身の思い描いた絵とは全く異なる絵に魂子は言葉を失った。全てが黒いクレヨンで描かれた絵だった。蛇がとぐろを巻いていたり、目が飛び出た人形が笑っていたり、壊れた時計の中にたくさんの虫がいたり。「個性的だね」と言うべきか「芸術的だね」と言うべきか言葉に詰まっていると、達夫はほほえみながらこう言った。

「絵はどうですか？」

達夫は全身が青いオーラで覆われていた。青と言っても閉ざされた心を表すことが多いダークブルーだ。魂子は、その暗闇のようなオーラに吸い込まれそうになっていた。

魂子はやはりそうだったかと確信した。ここにいるのは達夫だけではない。言葉が光るのは二つの魂が宿っている時が多い。書き手である達夫の魂と妹の魂が宿り、言葉は輝きを増す。おそらく達夫の暗闇のようなダークブルーのオーラも、達夫本人のオーラと妹のオーラが重なっているからこれほどまでに濃いのであろう。色々な困難を抱える妹に寄り添ううちに達夫は妹のかわりに語るようになり、妹はそんな兄の身体を借りて自身を表現するようになったのではないか。そして達夫は自分自身を見失っているのではないか。魂子はそう考えた。

「絵はどうですか？」

もう一度達夫は魂子に尋ねた。魂子は賭けに出ることにした。

「この絵、妹さんじゃなくて林さんが描いた絵なんじゃない？」

「どうしてそう思うんですか？」

達夫は明らかに不愉快そうだった。

「小学校四年生の女の子が描く絵にしてはシュールだと思って」

達夫のダークブルーのオーラが少し赤みを帯びてきた。

「黒一色で表現するのって、難しいでしょ。だから、小学生には無理なんじゃないかなって」

魂子は説明を続けた。

達夫のオーラはさらに赤みを帯び、赤と青に少しずつ分かれてきた。

「妹さんならお花の絵を描いたり、友達と遊んでいるところを描いたり、小学生って、目の前にある様子を描くことが多いじゃない。対象がちょっと違うかなって」

その時だった。達夫が突然立ち上がった。見ると、そこには怒りを示す赤いオーラの達夫と青いオーラの妹が生霊《いきりょう》となって立っていた。予想していた通りの結果になった。

魂子は驚いた素振りを見せず冷静に声をかけた。

「どうしたの？」

すると、二人は同時に
「ひどい」

と声を合わせた。

「じゃあ、もう一度尋ねるよ」

魂子はゆっくりと言った。

「この絵を描いたのは、林さんだよね」

達夫は「違う」と答え、
妹は「そうだ」と答えた。

達夫は自分の口から、二つの答が同時に出て驚いた様子だった。立ち上がっていた達夫は全身の力が抜けたようにソファにどっかりと座った。

「絵が好きなのも、絵が上手なのも林さんなんだね」

達夫はしばらく目を閉じていたが、やがて口を開いた。

「妹は絵が描けません。会話だって皆と同じようには出来ない。でも僕は妹の気持ちがわかるし、僕は妹のかわりに絵を描いてあげたり、妹の気持ちを他の人に伝えたりできる。もっと妹を多くの人にわかってもらいたいんです」

達夫の膝は小刻みに震えていた。

「妹さんへの気持ち。エッセイで十分に伝わってきたよ。たぶん、妹さんにも林さんの気持ちはとてもよく伝わっていると思う。妹さんにとって、林さんはとても頼りがいのあるお兄さんだね」

達夫は小さくうなずいた。

「妹のために他に何ができるでしょうか」

達夫は消え入りそうな声で魂子に尋ねた。

「林さんは、林さんでいること。妹さんが妹さんでいるように、お兄さんはお兄さんでいることじゃないかな」

達夫は
「僕が僕でいること」

と言い直した。

達夫のオーラは燃えるような赤いオーラから、穏やかな緑のオーラに変わっていった。

並んで立っていた妹の生霊《いきりょう》はいつの間にか消えていた。

魂子は手にあった絵を紙封筒にしまうと、達夫に手渡しながら

「これは林さんの絵」

と言葉に魂を込めた。

＊＊＊

　達夫が研究室を出た後、ふと春日大社のある春日山全体を包む青いオーラが目に浮かんだ。

　自分を犠牲にしてでも家族を守りたいと思う気持ちはわからないでもない。だが、愛する家族が自分の身代わりになって欲しいなどと望むだろうか。古都奈良にある春日大社は武甕槌命《たけみかづちのみこと》を祀《まつ》る神社だが、先祖との縁を取り持つ神社でもあることはあまり知られていない。

　神社のある春日山自体が御神体であり、その春日山は青いオーラに包まれている。そのオーラを守っているのが神鹿《しんろく》だ。武甕槌命は茨城県の鹿島から白鹿《はくろく》に乗って、春日山にたどりついたとされている。一の鳥居から本殿まではゆるやかな坂道が続き、その距離は一キロほどはあるだろうか。山自体が御神体であるため、山は自然がそのまま残され、山の山頂に本殿はある。

その本殿の横に「祖先祭」を執り行う祈祷所《きとうしょ》がある。二十分ほどの祈祷だが、祖先に語りかける祈祷は自分がなぜ今ここにいるのか、どう生きるべきかを教えてくれる。神職があげる祝詞には人がこの世に生まれ、育てられ、様々な苦難を生きる様が読み込まれていて魂が震える。

祈祷の間、太鼓が絶え間なく打ち鳴らされ、その太鼓の音と振動に合わせて祖先の声が聞こえてくる。「よく来てくれたね」「あなたが子孫なんだね」「ありがとうね」と次々にささやくような声が耳に届く。目には見えないけれど、確かにそこに「居」ることがわかる。祈祷が終わると、より安心できる場所に祖先たちは向かい、そこから見守ってくれていることが感じられ心が安らぐ。自分の魂を見守ってくれている祖先の魂がある。そう信じて自分らしく生きたいと魂子は思う。

3　母の思い出

プロットには「問題と解決」「原因と結果」「比較」「詳細な叙述」「順序」がある。そのうち「順序」では、「時間的順序」によるエッセイと「空間的順序」によるエッセイをそれぞれ学生に書かせている。学生は小学校の時から遠足の作文や修学旅行の作文を書かされているためか、時間的順序で文章を書くことはそれほど大変では無い。

一方、空間的順序のエッセイは案外難しい。見える景色を具体的に書く必要があるからだ。「最初に○○に行って、次に□□に行って、最後に△△に行った」としてしまうと行動の順序となり、結果的に時間的順序で書いたことになってしまう。空間的順序で書くためには記憶をたどり、もう一度その場所を訪れ、見える景色を詳細に描写する必要がある。想像以上にハードルが高い。魂子はその空間的順序のエッセイでこれまで経験したことの無い恐ろしい思いをしたことがある。今から十年ほど前のことだっただろうか。

草野夕子《くさのゆうこ》は言語学部でも定員数が少ない「こども学科」の学生だった。一年生だけで三十名。魂子の担当する言語表現は必修科目なので、三十名が名簿順にきちんと席に座っていた。四月に始まる授業は学生もまだ緊張していて背筋もピンと伸び、不安と期待が学生の表情から見てとれる。実は教える方も同じだ。四月から学生をがっかりさせてはいけない。大学に来て良かったと思ってもらいたい。受講した甲斐がある授業だったと意義を感じて欲しい。高まる鼓動が聞こえてしまうのではないかと思うほど緊張する。

とりわけこども学科の授業は教室が狭く、学生との距離が近いせいか余計に緊張した。狭い教室で草野夕子は、魂子の鼓動が聞こえるくらい近い正面の席に座っていた。魂子が話すたびに夕子は優しく微笑み、その緑色のオーラが揺れる。こういう学生が本当に救いなのだ。緊張が次第に解け、伝えたいことを安心して伝えられるようになる。数回授業を重ねると教室に向かう途中、夕子の笑みと緑色のオーラが目に浮かび足取りが軽くなる。

夕子の書くエッセイもまた心優しい内容が多かった。例えば、問題と解決のプロットでは捨て猫を救った話だったり、原因と結果のプロットではボランティアを通して人を支えることの大切さに気づいたという話だったりした。だが、空間的順序のエッセイだけはよく理解できなかった。

【始点】　玄関
【地点1】　勉強部屋
【地点2】　洗面所
【見せ場】　キッチン
【終点】　リビング

　プロットだけを見ると特に問題は無いのだが、エッセイがプロットに沿って書かれていないのだ。エッセイの内容はだいたいこんな内容だ。

　夕子は授業が終わり、自宅のアパートに帰宅すると、玄関でまず「ただいま」と言いながら靴を脱ぐ。小さな玄関にはくつが四足ほどしか並べられないとある。玄関の上に付いている電灯はちらちらとして電球が切れかかっているが、天井が高く、付け替えられずにいるそうだ。いつか兄に頼むつもりだが、その兄は遠方の大学で一人暮らしをしていてなかなか頼めずにいる。靴を脱ぐと一番手前にある夕子の勉強部屋に入る。荷物を置き、腕時計をはずしてトレーに入れ服を着替える。五畳ほどの夕子の勉強部屋は以前は兄が使っていて、一つだけある窓からは近くの公園が見える。着替えが終わると、勉強部屋の向かいにある洗面所で丁寧に手を洗う。一畳ほどの狭い洗面所には洗濯機も置いてあって、より一層狭く感じる。鏡の上に付いた電灯もちらちらとして落ち着かない。洗面所の隣にはカウンター式のキッチンがある。広さは三畳ほどあるが冷蔵庫や食器棚、食品庫があって人が二人立って作業するのは難しい。そこで夕子は湯を沸かす。コーヒーを飲むためだ。ポットで沸かして保温する方が便利かもしれないけれど、沸かしたての湯でコーヒーを淹れた方がコーヒーが美味しい気がする。真っ白いコーヒーカップを二つ用意し、お気に入りのコーヒードリップをコーヒーカップの縁に引っ掛けてゆっくり沸かしたての湯を注ぐ。

プロットに沿うならば、そのコーヒーをリビングに運んで飲むということになるが、リビングは登場しないのだ。夕子のエッセイではその後、コーヒーを持って勉強部屋に戻るという内容になっている。リビングと勉強部屋を書き間違えたのか……。演習はプロットに沿ってエッセイが書かれているかによって評価が決まる。エッセイに合わせてプロットを書き直させれば良い、そう思って夕子に再提出するようオンラインのコメント欄を使って伝えた。だが、夕子はオンラインで返信せず直接研究室に来た。

＊＊＊

「石部先生、コメント欄で返信しようと思ったんですが、うまく説明出来ないと思って直接伺いました」

夕子は笑顔で魂子に話しかけた。

「そうなんだね。どうぞ、中に入って」

重そうにトートバッグを肩にかけている夕子を研究室の中に入れた。紺のヒダの入ったくるぶしまであるスカートに、薄いピンクのブラウスが夕子にとても似合っている。肩まである髪はきれいなストレートだ。いつもはメガネをかけていないが、この日は細い黒縁のメガネをかけていた。授業でいつも見る優しい微笑みが魂子をほっとさせる。改めて近くで見るとほとんど化粧をしていない。今どきの学生には珍しい。

「プロットの話だよね。最後のリビングとある箇所は、勉強部屋の間違いなのかな？」

小花柄のソファに腰掛けた夕子は首を横に振った。

「いいえ。リビングのことを書くつもりでした。でも、ちゃんと思い出せなくて、とりあえず勉強部屋に戻るということにしたんです」

「ちゃんと思い出せなくて？」

自宅のことなのに、思い出せないとはどういうことなのだろう。意味がよくわからなかった。

「ずいぶん昔の思い出を書いたのかな」

魂子はそう質問をしながら夕子の様子が少し変なことに気づいた。夕子の顔からは笑顔が消え、しきりに腕時計を触っている。アナログ式の小さな腕時計の文字盤には王様の冠のような絵が描かれていた。

「草野さん、どうかした？」

「ちゃんと思い出せないのは」

言葉を続けるのに少し間があった。

「ちゃんと思い出せないのは、夢で見た内容だからです」

「夢で見たことを書いたんだね。それもある意味一つの経験だから、エッセイの素材として間違っているわけではないよ。キッチンからリビングが見えたところで夢からさめちゃったのかな」

魂子はそう言って、うかつにもヘラヘラと笑ってしまった。うつむく夕子を和《なご》ませるつもりだった。それまで穏やかな緑色のオーラに包まれていた夕子が、みるみるうちに黄色いオーラに包まれた。どうしたのだろう。見逃した何かがある。何を見落としたのか。夕子のプロットのどこか。夕子のエッセイのどこか。頭の中をプロットとエッセイがぐるぐると駆け巡る。そしてピタリと一つの映像が浮かんだ。コーヒーを淹れた真っ白い二つのコーヒーカップ。夕子は誰かと一緒にリビングでコーヒーを飲む予定だったのだ。玄関での「ただいま」の掛け声もその人に向けたものだろう。

　そう考えた瞬間だった。夕子が突然魂子の右手に触れた。いつの間にか魂子の傍らに夕子は立っていた。触れられた右手から血の気が引くように、ふうっと意識が薄れていく。普段から気をつけていたのに……。魂子はオーラや生霊《いきりょう》も見えるが、右手からより多くのことを感じ、特別な力を与えることができる。その人の過去や未来、その人の苦悩やそれを取り除く方法、運気を上げ、癒やすべき場所を特定することができる。一方、同時に魂に衝撃が走り、元の状態に戻れるかわからない。だから、極力握手など触れ合うことを避けて生きてきた。結婚しないのもそのためだ。一時は魔物なのだと自身を呪ったこともあったが、全てを受け入れて生きる決心をしてからは、必要な時に適切に役立たせるようにしている。だが、夕子は明らかにその能力を見抜いて、自ら魂子の右手に触れてきた。どうやって見抜いたのか。薄れる意識の中で夕子の顔だけが薄れずに目の前にある。意識が戻ると、魂子は夕子と一緒に夕子の家の玄関に立っていた。

「石部先生、大丈夫ですか？」

夕子は笑顔で尋ねる。

「ちょっと気を失ってたのかな。ここはどこ？」

「私の家です。ですが、私の夢の中です」

魂子は夕子のエッセイに登場する夢の中の玄関に立っているというわけだ。なるほど、魂子の手に触れて過去に戻って一緒に夢を見ているということか。夕子は住宅展示場で家を案内する人のように玄関の説明を始めた。魂子がすでに読んだエッセイの通りだ。玄関の電灯がちらちらちらして足元もよく見えない。夕子の勉強部屋も薄暗い。エッセイでは一つ窓があって、そこから公園が見えると書かれていたが、その公園には誰もいなかった。夢だからか昼間なのに外は薄暗く夜のようだ。そして無音だ。魂子の足音も夕子の足音もせず言葉だけがはっきり聞き取れる。

「石部先生、次は洗面所です」

夕子はドアを開けて洗面所を見せた。エッセイの通りだ。ここも電灯がちらちらとしていて薄暗い。水は流れるがやはり音はしなかった。夕子はキッチンに向かった。キッチンのガスコンロにやかんがある。ちょっとおしゃれな、注ぎ口が長くしなやかに曲がったものだ。これで湯を沸かすのだろう。夕子は食器棚から真っ白なコーヒーカップを二つ用意した。一つは夕子のカップ、もう一つは魂子のためのカップなのか。夕子はカップの縁にそれぞれコーヒードリップを掛けると、沸いた湯をゆっくり注いだ。夕子はこの後、このコーヒーを持って自分の勉強部屋に戻るのだ。魂子はエッセイの内容を思い出していた。だが、違った。

「先生。こちらに夕子を呼んでください」

さっきまで真っ暗だったリビングから突然声がした。いつの間にかリビングに明かりがつき、女性が立っている。すぐに夕子の母親だとわかった。夕子に顔がとても似ている。

「草野夕子さんのお母様ですか？」

魂子は女性に声をかけた。夕子と同じ優しい笑顔で微笑む。

「そうです。夕子の母です。お世話になっています。驚かれたでしょう。急にこんな所に連れてこられて。でも、先生のお力を少し貸していただきたいと思って」

ようやく事の次第がわかった。過去の夢に連れ戻したのは夕子ではなく、母親だったのだ。そして、その母親は夕子に伝えたいことがあるのだろう。

「草野さん、リビングで一緒にコーヒーを飲もうか」

夕子は少し驚いて魂子を見た。

「リビングで？」

「そう。リビングで」

「でも、石部先生。リビングには誰もいないんです」

今度は魂子が驚く番だった。夕子には母親の姿が見えていないのだ。母親が魂子に声をかけた。

「先生、夕子には私の姿は見えないんですよ。良いんです。申し訳ありませんが、夕子をここに呼んでください」

「草野さん、やっぱりリビングで一緒にコーヒーを飲もう」

魂子は夕子を誘ってリビングのテーブルで向かい合って腰を掛けた。母親は魂子の傍らに立っていた。夢の中でもなぜかコーヒーは美味しい。なんだか夕子の優しい思いがこもっているような気がする。そう言えば、夕子のオーラは見えない。魂子は夢の中ではオーラは見えないんだと思った。夕子も美味しそうにコーヒーをすする。

「石部先生。前もこういう風に母とコーヒーを飲んでいたんです。学校の話をすると嬉しそうに母が笑って、夕子の淹れたコーヒーは美味しいねってほめてくれて。あれはいつ頃のことだったんだろう」

すると突然、傍らに立っていた母親が夕子に語りかけた。

「夕子が中学校の時だよ。夕子は最初、コーヒーは苦手って言ってたよね」

夕子は、魂子の方を見て微笑んだ。

「あれ？お母さん？びっくりした。仕事から帰っていたならいるよって言ってほしかったな」

夕子は、魂子を母親だと思っているのだろうか。

「夕子、良く頑張っているね。お母さん、とっても嬉しいよ。夕子はお母さんの自慢だからね。コーヒーもとっても美味しいよ」

夕子は満面の笑みを浮かべた。なんだか魂子も幸せな気持ちになった。

「夕子、お誕生日のプレゼントは何が良いかな？」

夕子はちょっと恥ずかしそうに手を前に差し出して言った。

「腕時計が良いな。三年生になると高校入試の模擬試験があるから腕時計を学校に身につけてきて良いんだって」

「じゃあ、夕子に似合う腕時計をプレゼントしようね」

夕子の笑顔が輝いた。

母親が魂子に小声でささやいた。

「先生、ありがとうございました」

そう言うと、魂子の肩にそっと手をのせた。その瞬間だった。眼の前がグラグラと揺れ、再び意識が遠のいた。意識が戻ると、元の研究室に夕子と向かい合って座っていた。幻覚だったのだろうか。どのくらい意識が無くなっていたのだろう。

「草野さん、私、寝ちゃってたかな」

夕子が優しく微笑む。

「石部先生、急にどうしたんですか?先生が一緒にコーヒーを飲もうって。ほら、私の分もコーヒーを淹れてくれたんですよ」

驚いたことに、ソファの前のテーブルに真っ白いコーヒーカップが二つ置いてあった。夕子の夢を見ていた間に魂子自身が淹れたのだろう。

「石部先生、前もこういう風に母とコーヒーを飲んでいたんです。学校の話をすると、嬉しそうに母が笑って。夕子の淹れたコーヒーは美味しいねって、ほめてくれて。あれはいつ頃のことだったんだろう」

夕子は思い出したのだ。今こそ、母親の言葉を伝えなければならない。

「草野さんが中学校の時じゃないかな。実はお母さんからメッセージがあるんだ。驚かないで聞いてね。―夕子、良く頑張っているね。お母さん、とっても嬉しいよ。夕子はお母さんの自慢だからね。コーヒーもとっても美味しいよーって」

夕子の目から涙があふれた。

「石部先生の噂を聞いていました。もしかしたら、ここに来たらお母さんに会えるような気がしていました」

夕子の黄色いオーラが穏やかな緑色に変わっていく。

「先生。リビングのところをちゃんと書きます。夢じゃなくて、母との思い出として」

魂子は夕子の言葉が嬉しかった。今の言葉をきっと母親も近くで聞いているに違いない。

輝くような緑色のオーラに包まれた夕子の姿に、貴船山《きぶねやま》の山奥にある神社がふと目に浮かんだ。

＊＊＊

なかなかたどり着けない神社がある。京都府左京区にある貴船神社《きふねじんじゃ》は、京都駅から地下鉄で「国際会館前」まで行き、そこからバスで「貴船口」に向かい、さらに徒歩で三十分ほど山道を登ると、ようやく貴船神社の鳥居が見えてくる。貴船神社は京都駅から一時間半以上もかかる秘境の地にある。

貴船口から鳥居まで山道を歩いていると、森林が生い茂る山肌から色々な声が聞こえてくる。獣の鳴き声のようであり、人の泣き声のようでもある。貴船神社は貴船山と鞍馬山《くらまやま》の狭間にあり、今のように道路が整備されていない時代は、人が分け入って進むことは非常に難しい社《やしろ》だったであろう。貴船神社の奥宮《おくみや》には大きな龍穴があるが、かつては至る所に龍穴があったのではないかと思う。

その名残なのだろうか。ゆっくり徒歩で貴船神社に向かうと、どこからともなく、不思議な風が吹き、何かが鳴くような声が聞こえてくるのである。貴船神社は丑の刻参りで知られており、丑の刻に参拝すると心願成就するという。かつては本当に丑の刻、午前二時から午前二時三十分頃に参る者があったという。山肌が見えないほどうっそうと茂る森林を見ると、そこに一寸釘を持った者が現れそうな気もする。

一方で、歩いていると感じるのは他のどの土地よりも強い浄化の力と山全体を包むような緑色のオーラだ。神社の罪穢《けが》れを祓《はら》う力とも異なる、自然が育む浄化の力である。龍穴があちらこちらにあるのも、その力を頼ってのことではないかと魂子は思っている。社を含め山そのものが神であり、そこに棲《す》む物は常に神の力を借りて、清められていることになる。鳥居に着くまでの三十分でそんなことを考えさせられる。

貴船神社は神武《じんむ》天皇の母となる玉依姫命《たまよりひめのみこと》が黄色い船に乗って淀川・鴨川・貴船川を遡《さかのぼ》ってこの地に上陸したとされる神社で、迷う人の魂を目的地に導く力がある。貴船神社にある「楫取守《かじとりまもり》」は、行きたい場所になかなかたどり着けない人の力となる。夢のような、かすむ世界にも目的地にたどりつくための道は必ずある。そう信じて生きていきたいと魂子は思った。

4　愛される自分

魂子が受け持つ言語表現という科目は、すべての学科の必修科目になっている。自分の経験などを綴るエッセイで自己表現力を磨く科目だ。半期の四ヶ月で十二のエッセイを書かなければならない。十二のエッセイを通して、学生は自分自身と向き合い、自分の気持ちや経験を人にどう伝えるか、プロットと呼ばれる構成を立てながら考える。エッセイのテーマは自由だが、学生の多くはペットのこと、家族のこと、アイドルなどの「推し」のこと、アルバイトのこと、中学や高校時代の部活動のことを書くことが多い。また、そんなテーマを経て自分自身の心模様について書く学生も少なくない。苦しみ、悲しみ、怒り、不安など言葉の一つ一つに魂がこもるエッセイとなる。

　小山京子《こやまきょうこ》もそのような学生の一人だった。言語学部の学生で、深い森のような緑がかった黒い瞳、綺麗に一つに束ねた髪、白を基調とした清潔感のある服装はどこか慈愛に満ちた印象を与えた。同じような印象は京子が書くエッセイにもあった。テーマは飼っている犬のことや一緒に住む祖父のことなど、大切に思うものについて豊かな愛を綴っていた。そのような愛を反映させたかのように、京子はいつもピンク色のオーラに包まれていた。

ところが、京子の最後のエッセイは次のような一文から始まっていた。

「私は愛される人間なのだろうか」

これまでの京子の文章とは大きく異なる冒頭の一文に魂子は驚いた。「比較」のプロットは次のように構成されていた。

【比較対象の提示】　愛される人間かそうでないか

【タイプ1】　告白されたが愛されなかった自分

【タイプ2】　告白したが愛されなかった自分

【見せ場】　相手に合わせても、素の自分でも結末に違いはない

【比較結果】　私は愛される人間ではない

「比較」のプロットとは二つの対象を比較して、一つの結論を出すことが求められるプロットである。自分は愛される人間か、愛されない人間か、京子は自身を比較対象とし愛される人間ではないと結論付けていた。幸せ色のピンクのオーラ、あれは何なのだろう。どうしてこんなに悲しい結論を京子は導き出すのか。

エッセイは最低文字数の条件を設けている。五〇〇文字以上書かなければならない。ところが、京子の総文字数は四〇〇文字ほどだった。今まで六〇〇文字以上のエッセイを書き続けてきた京子にしては珍しいミスだった。京子のエッセイのコメント欄に「五〇〇文字に達していません。再提出も可能ですが、どうしますか？」と書き込んだ。ほどなく京子から返信があった。「六〇〇文字以上あるはずなんですが、もう一度カウントしてもらえないでしょうか？」とある。再度確認したがやはり画面に表示されている総文字数は四〇五文字だった。

「確認しましたが、画面に表示される総文字数は五〇〇文字に達していません。電子ファイルを提出する際に何か不具合があったのかも知れませんね」再び京子からの返事を待つことにした。きっとファイルを再提出するに違いない。だが、その日京子からの返信はなかった。

＊＊＊

翌日の夕刻に京子は印刷したエッセイを持参して研究室に姿を見せた。四限の授業を終えて研究室に戻ると研究室のドアの前で京子が待っていた。紺色のジャケットに白いパンツ、髪はいつものように一つに綺麗に束ねられていた。

「私を待っていたの？」

声をかけると、京子は深い森のような艶のある瞳で魂子を見て、まばたきもせず小声で返事をした。

「はい。エッセイを直接お渡しに来ました」

研究室のドアの鍵を開け、京子を研究室に招き入れた。京子が小花柄のソファに座るのを見届けると、手にしていたエッセイを受け取った。Ａ４用紙一枚に印刷されたエッセイはそれほど長くはない。横四〇文字、縦一二行で条件の五〇〇文字を満たす。

「私は愛される人間か愛されない人間かを考えてみた……」

京子のエッセイによると高校時代に告白してきた男子生徒がいて、つきあってみたけれど途中で裏切られ「他に好きな人がいて諦めきれない気持ちを伝えられた」ことで自信を失った。そして、大学に入学して好きな人ができて、告白してつきあうようになった。ところが、「他に好きな人ができた」と伝えられ別れた、という趣旨の内容で自分は愛されない人間なのだという。電子ファイルと同じ内容で、紙に印刷されてもやはり数行足りない。

「小山さん、ほら、やはり数行足りないよ」と紙面を見ながら京子の瞳を見た。

「石部先生、見てください。一三行あります」と紙面を指差す。

すると、驚いたことに、かすかに文字が数行見える。いや、ほとんど見えないと言ってもいい。しかし、目を凝らしてみると最後の三行が見えなくもない。目がかすんでいるのか、文字がかすんでいるのか……。

「あっ、読み落としていたかも知れないね。申し訳ないけど、最後の三行ほどを読み上げてくれるかな」

かすんでほとんど読み取れない文字を、京子に読み上げさせることにした。

「私は愛されない人間に違いない。私はこれまで多くの人や物を大切に愛してきた。愛は与えるものであって、受けとるものではないことがようやくわかってきた。愛したい、でも愛されないのなら私がこの世にいる意味はあるのだろうか。」

文字と同様に、京子の声は消え入りそうなくらい小さかった。消え入りそうな魂の言葉、コンピュータがカウントしない文字、印刷してもかすむ文字の意味がようやくわかったような気がした。京子の姿を見ると、その姿も今にも消えてしまいそうだった。本人の姿よりもピンク色のオーラの方が濃い。このままではオーラだけが残り、本当に本人がこの世からいなくなってしまうのかも知れない。愛する心だけがピンク色のオーラになって残り、実体が無くなってしまうことほど恐ろしいことはない。なぜなら、それは生霊《いきりょう》になるということだから。それを防ぐ方法は一つしかない。自分を愛するということ。

「エッセイには関係のない話だけど、小山さんはずっとその髪型なの？」

「はい。そうです」

「髪はおろさないの？」

「おろした方が良いですか？」

「たぶん」

京子は素直に一つに束ねていたゴムを取り、さっと髪をおろした。

やはりそうだ。美しく手入れの行き届いた髪には小さな羽のついた妖精のような生き物が宿っていることが多い。それが二羽いるときもあれば、六羽ほどいる時もある。髪をおろすと両側に二羽ずついた。髪をおろしたことでその二羽が勢いよく京子の周りを飛び始めた。深い森のような瞳も輝いて見える。

「少しおせっかいかも知れないけれど、小山さんはその方が似合うと思うよ」

「そうなんですね。しばらく髪をおろしてみます」

京子の姿が少しはっきりとしてきた。

飛び回る妖精たちは、羽ばたきながらしきりに京子の耳元で何かささやいている。妖精の声は京子に聞こえているだろうか。

「小山さんにエッセイを読み上げてもらって、五〇〇文字以上あることが確認できました。ごめんね。小山さん。私が見落としていたんだね」

「良いんです。テーマを決めたもののなかなか書き進むことが出来なかったエッセイだったんです。でも一度、自分自身のことを書いてみたかったんです」

「うん。小山さんの気持ち、良く伝わってきたよ」

「石部先生、提出を待っていただけるのなら、他のテーマで再提出しても良いでしょうか？」

「このままでも評価はできるから大丈夫だけど」

「書きたいテーマが急に色々思いついたんです」

京子には妖精の声が聞こえている。魂子はそう思った。京子の姿はよりいっそう鮮やかに見え、ピンク色のオーラは輝きを放ち始めていた。

三日後に提出された京子のエッセイのテーマは「ロンドンに行くか、ニューヨークに行くか」だった。実に一五〇〇文字以上ある長編のエッセイだった。そして、結論は「ニューヨークに行く」だった。上演されているミュージカルの数や美術館に展示されている絵画の数、そしてそこで出会える人の数の可能性を比較の観点に挙げていた。京子は自分の未来を愛している。

＊＊＊

京子を包むピンク色のオーラを多く見ることができる場所がある。

東京大神宮《とうきょうだいじんぐう》は、東京の飯田橋駅から歩いて十分ほどのところにある。大きな通りからはちょっと入ったところにあるが、東京大神宮に近づくと赤いのぼり旗《ばた》が立っており、人の出入りも多いのですぐにそこだとわかる。

檜《ひのき》の素木《そぼく》で作られている鳥居をくぐると、参拝を待つ多くの人が列を作っていることも多い。神門をくぐり、境内《けいだい》に入るとその瞬間から花の香がしてくる。境内に花が咲き乱れているというわけでもないのに、強烈な花の香がするのだ。

そして驚くことがもう一つある。それは境内に居る人々のオーラが一様にピンク色だということ。天照皇大神《あまてらすすめおおかみ》を祀り、東京のお伊勢さまと呼ばれ、神前結婚式を創始した神社である東京大神宮には、愛を育みたいという人で満ち溢れているということか。あるいは、もともと愛ある人たちの魂が集まっているからなのか。境内に居る人々のオーラがピンク色なので境内がとても明るく感じられる。

　東京大神宮では良縁を願う御守も授与される。有名なのは「幸福が訪れる」という花言葉に由来する、二つの純白のスズランが可愛い「鈴蘭守《すずらんまもり》」だろう。その御守の授与所に「言葉の玉手箱」という紙箱が置いてあり、その中にきれいに折りたたまれた紙がたくさん入っている。ひと月に二回、内容が更新されるそうだが「もう一度言葉の玉手箱」という箱にはこれまでに授与された言葉がおみくじのように入っているのだ。箱の表には次のような説明がある。「箱の中にはさまざまな言葉が入っており、毎月変わります。手にされた一枚にしたためられた言葉によって安らぎを感じ、また、こころの支えとなりましたら幸いです」と書かれている。東京大神宮の香り、参拝者のオーラ、神宮の明るさはこの

「安らぎ」を与えたいという神宮の精神から来ているような気がする。
言葉の玉手箱から魂子が手にした一枚にはこう書いてあった。

【開運】

人を大切にし、
何事にも
感謝の気持ちを
忘れずに。
自分にできる事を
精いっぱい
やってみましょう
よい運が開きます

神職が心をこめてしたためた手書きの言葉に魂が宿り、読む者の心を穏やかにする。
魂子は言葉とはこうあるべきだと思った。

東京大神宮（東京都千代田区）

5　壊された心

机間巡視《きかんじゅんし》という言葉がある。文字通り学生の座る机と机の間を通りながら学習の進み具合などを確認する教員の仕事だ。担当する言語表現では三十分ほどかけてエッセイを書かせることが多い。あらかじめ準備をしてきている学生もいれば、その場で何を書こうかと考え始める学生もいる。エッセイもそうだが文章作成はアイデアが勝負だ。「あぁ、これを書こう」とイメージが思い浮かべば、ほぼ文章作成は終わったようなものだ。

机間を歩きながら学生のエッセイの執筆具合を確認する。一クラス八十名ほどのこの授業は学生の席を指定しており、毎時同じ席に同じ学生が着席する。しんと静まり返った大教室でペンを走らせる音だけが響く。今日のエッセイのプロットは「原因と結果」だ。

学籍番号２６２３９。大教室の一番後ろの列に座っている学生だ。名前は早川幸太郎《はやかわこうたろう》。大人数の授業なので会話をしたことも無いが、すれ違っただけでもわかるほどオーラがいつも赤い。幸太郎の机の横を通ると赤いオーラに行く手を阻《はば》まれるのではないか思うほど、濃く妖艶《ようえん》な赤いオーラが幸太郎の身体全体を包み込んでいる。

幸太郎は十五分が経つというのに一文字も書いていない。

「今日のプロットは原因と結果だよ」

幸太郎だけに聞こえるよう小声で指示をする。

「はい。わかっています」

幸太郎はこちらを見ずに答えた。

エッセイはプロットだけを指示してテーマは自由に学生に決めさせているが、テーマが決まらないのだろうか。

「テーマは何でも良いんだよ」

魂子は再度幸太郎に促す。

「何を書くかは決めています」

とげのある幸太郎の言い方が魂子を少し焦らせた。幸太郎は、これまでのエッセイは期限内に提出し、評価も悪くなかった。しかし、どこか他人事のような、投げやりな言葉の羅列はエッセイをも赤いオーラで覆い、魂子を不安な気持ちにさせた。

　エッセイを書く前にまずプロットを書かねばならない。エッセイは五段落の文章としているのでプロットもまた五段階それぞれ一行ずつ書かせることにしている。そのプロットを幸太郎が書き始めた。

　一段階から四段階までのプロットは書かずに幸太郎は最後の五段階のプロットにこう書いた。

「私の心は壊された」

　それがエッセイの「結果」なのだ。幸太郎はその「原因」を何にするのかを迷っているのだと思った。

　魂子は学生一人一人のエッセイの執筆具合を確認しながら机間巡視を続けた。そして、また幸太郎の隣に立った。幸太郎は一段階目のプロットを書き始めたところだった。やっとこれという「原因」を決めたのだ。魂子は幸太郎に気づかれないように幸太郎の座席のやや後ろに立った。幸太郎がペンを走らせる。

「えっ？」

思わず声がもれそうになった。幸太郎がペンを走らせて書いた文字が、墨で塗ったように次々と黒くなっていく。驚きのあまり体が動かない。幸太郎はなんと書いたのだろうか。魂子は深呼吸をしてそっと瞼《まぶた》を閉じてみた。文字ではなく幸太郎の心が見えるような気がした。悔しさと悲しさ、怒りと絶望、孤独と寂しさに一人たたずむ幸太郎。幸太郎に何があったのだろう。それを知るためには黒く塗りつぶされた文字を読む必要があったが、文字をそこに見ることは出来なかった。

だが、文字を見るチャンスは巡ってきた。

完成したエッセイは、そのプロットとともに電子ファイルで授業日の夜七時までに提出させることにしている。以前はノートに手書きしたエッセイをそのまま毎時提出させていたが、コロナ禍でオンライン授業を経験し、対面授業となっても完成したエッセイは電子ファイルで提出させている。電子ファイルなら個別にコメントを付して返却することも容易だからだ。容易とは言っても、前期二五〇名、後期二五〇名の学生のエッセイに毎時コメントを付すためには一週間に二十時間以上を要する。やりがいはあるが土日返上での作業だ。

幸太郎のプロットは次のように書かれていた。

【原因】　部員が次々と部活をやめたが、私はまじめに部活に行った
【出来事1】　顧問は部活に来た私をどなりちらした
【出来事2】　顧問は私のラケットを放った
【見せ場】　私は馬鹿らしくなって部活をさぼるようになった
【結果】　私の心は壊された

文字が黒い墨のようなオーラに覆われるほど怨念がこもり読めなかった手書きのプロットは電子的な文字に変換され、オーラの影は無くなっていた。幸太郎の心が壊れた原因は幸太郎のまじめさなのか顧問の暴挙なのか、画面に並ぶ文字から察するのは難しい。何万もの学生のエッセイを読んでいても、その真意を文字だけからくみ取るのは困難なのだ。
学生は嘘は書かない。だが、自分の本心をそっとしまっておく傾向がある。誰かが傷つかないために、自分が傷つかないために。

幸太郎の心は「壊れた」のではない。「壊された」のだ。「原因と結果」のプロットは「原因」よりも「結果」に重きがある。「壊された」とする幸太郎の怨念は強い。

だが、幸太郎はその原因を自身の「まじめさ」にあると書いた。心を壊された原因が自分の「まじめさ」にあるとする幸太郎の言葉が本心ならば、幸太郎の身体を覆うあの赤いオーラは一体何なのだろうか。魂子は思い切って幸太郎のエッセイへのコメントでその本心を問うことにした。

「「壊された」という結果に対して、自身の「まじめさ」を原因とすることに無理があるようです。顧問の短気な性格や教育者としてあるまじき振る舞いが原因で「壊された」とすると結果に合うように思いますがどうですか?」

幸太郎からの返事はすぐに来なかった。もしかしたらコメントを読んでいないのかも知れない。あるいは答える気がなく無視しているのか。だが、二日後に来た幸太郎の返事は意外なものだった。

「私の「まじめさ」が顧問の暴言や暴挙の原因となったのだからその結果として心が壊されたのは仕方のないことだと思っています」

確かに筋は通っている。幸太郎は自分がまじめだったから、こんな目に合うのだと自身を戒め悔いているのだ。だが、まだ魂子は納得がいかなかった。「壊された」に込められた言葉の魂に触れることが出来ていない気がした。

大学の業務は多岐にわたる。授業はもちろんだが会議も多い。一日に三つあるいは、四つの会議があるなんていうことも珍しくない。教授会に学科会議、入試委員会、学生委員会、教務委員会、初年次教育委員会、ハラスメント委員会、倫理委員会など所属する委員会は十ほどある。

＊＊＊

授業の後、午後六時に会議を終えて、ようやく研究室の椅子に座りほっとした時だった。研究室のドアを叩く音がした。魂子は「どうぞ」とドアに声をかける。返事は無かった。ドアを開けに行くのも面倒だったが、ノックの主がドアを開ける気配も無かった。魂子は仕方なく立ち上がり、ゆっくりとドアノブを回してドアを開ける。驚いたことにそこには早川幸太郎が立っていた。こんなに遅い時間にどうしたのだろう。最終の授業は午後五時五十分に終了だが、一度も研究室を訪ねて来たことの無い幸太郎がこんな時間に訪ねて来たことに驚いた。魂子が研究室に戻るのをどこかで待っていたのだろうか。

「どうしたのかな？」

幸太郎は口を開かなかった。

「どうぞ。研究室に入って、あのソファに腰かけて」

幸太郎は黙って研究室に入り、二人掛けのソファに座った。明らかにいつもの幸太郎の様子とは違っている。赤いオーラはそのままだが、人の身体から発せられる匂いや熱量が無かった。教室で見る時は椅子に座っているから身長はわからなかったが、一七五センチほどだろうか。うつむき加減で顔ははっきりとしない。切れ長の目で特徴と言えば厚い唇だろうか。幸太郎はぷっくりと上下ともに唇が厚かった。

「何か相談かな？」

うつむいたままの幸太郎に問いかけた。厚い唇は全く動かない。晩秋の夕暮れで研究室の窓の外は暗闇に近かった。遠くに見える中庭の街灯が人のいないベンチを寂しく照らしている。再び幸太郎の様子を見ると両手が小刻みに震えているのがわかった。

その時だった。

「僕のプロットは間違っていますか？」

唇が動いていないのに、幸太郎の言葉がはっきりと聞こえた。その瞬間、魂子は背筋が凍りそうになった。ここにいるのは幸太郎自身ではなく幸太郎の影なのだ。魂子は生霊《いきりょう》を研究室に招き入れてしまったことに気づいた。幸太郎の魂だけがここにあるということだ。

本当に伝えたいことを幸太郎は魂子に伝えに来たのだ。

　幸太郎が聞きたい答はなんだろう。焦りながら冷静に言葉を分析しようとする魂子と言葉の魂を受けとめようとする魂子がいた。幸太郎の問いを反芻《はんすう》しながら幸太郎への答を探す。

「プロットは間違っているか」

「壊された心」

「まじめな幸太郎」

「心ない顧問の言動」

「幸太郎は何を失ったのか」

　そこまで考えてふと幸太郎の顔を見ると、幸太郎の頬を涙が伝って流れた。魂子はその時はっきりと答がわかった。幸太郎が失ったもの、それは「まじめさ」なのだ。幸太郎が幸太郎である証《あかし》の「まじめさ」。幸太郎が大切にしてきた「まじめさ」。その「まじめさ」が踏みにじられ、幸太郎は否定され心が壊された。魂子の答は決まった。

「プロットは間違ってるよ。まじめさは原因じゃない」

「原因は心無い顧問の言動。プロットは―心無い顧問の言動がまじめな私の心を踏みにじり、私の心は壊された―という風になるよね。まじめさは原因ではなくて壊された心そのものなんだよ」

「だから……」

と魂子が言った瞬間、幸太郎は顔を上げて魂子を見た。オーラは燃えるように赤く、幸太郎の瞳もまた赤く燃えて見えた。

「だから……もっと怒っていい！」

魂子は幸太郎から目を離さず語気を強めた。幸太郎の瞳から赤い涙がこぼれ落ちた。次から次へと赤い涙が玉のように落ちていく。そのたびに、オーラは少しずつ薄くなっていくように思えた。やがてオーラがほぼ見えなくなり、幸太郎の姿も消えていった。かすかにドアが開く音がし、またドアが閉じる音がした。幸太郎の生霊は本来あるべき所に戻っていったのだろう。

　魂子は急いでパソコンを立ち上げ、幸太郎のエッセイの電子ファイルを探した。やはり思った通りプロットが書き換えられていた。

【原因】　顧問は心無い言動をする人だった
【出来事1】　多くの部員がつらい思いをした
【出来事2】　部活に参加するのは私一人になった
【見せ場】　私のまじめさまでも顧問は否定した
【結果】　私は部活に行かないことに決めた

　それでいい。もっと怒っていい。大切な心をもっと守っていい。それをもっと人に伝えていい。幸太郎のプロットから何か音が聞こえてきた。幸太郎の心の中で鳴り響く理不尽さに対する怒り、その音はどこかで聞いた音だ。ふと赤鬼の姿が目に浮かんだ。そうだ、岡山県の吉備津神社《きびつじんじゃ》で聞いた釜の下から響く鬼の唸り声だ。

＊＊＊

　確か、岡山県で開催された言語教育学会の折だったと思う。魂子は岡山県岡山市にある吉備津神社を訪れる機会があった。桃太郎伝説のモデルとされている吉備津彦命《きびつひこのみこと》が祀《まつ》られている。吉備津神社では祈祷をお願いした際に御竈殿《おかまでん》での祈祷も合わせてお願いすると、祈祷殿で祈祷をしてもらった後、場所を御竈殿に移してさらに鳴釜神事《なるかましんじ》をしてもらえる。御竈殿にはその三メートルほど下に鬼の首が埋められているという釜がある。釜の直径は五〇センチはあるだろうか。釜の下のかまどには絶えず火が焚《た》かれ絶やされることは無い。釜の上にはセイロが置かれており、阿曽女《あぞめ》と呼ばれる呼ばれる巫女《みこ》がセイロの中で米を振る。すると、腹の底に響くブーンというような音が釜から鳴り響くのだ。

祈祷中に釜の音が大きく豊かに鳴れば吉で、鳴らなかったり途切れてしまったりしたら凶の知らせと説明があるが、どう音が聞こえたかは聞いた者の判断によると言う。この鬼が占う神事は実に五百年もの間続いており、釜の火も同じ火種が五百年間使われているというのだから驚きだ。

魂子はそんな吉備津神社で占ってもらいたいことがあって訪れたのである。一人、御竈殿に入ると、二人の阿曽女が薪《たきぎ》をかまどにくべたり、米の準備をしたりするが、神職が御竈殿に姿を見せるまでかなり時間がかかった。阿曽女の年齢は六十をとうに過ぎているだろうか。少し腰が曲がった阿曽女たちは、慣れた手つきでかまどに薪をくべ、セイロの様子を確認する。魂子はかまどで燃える薪のパチパチという大きな音や黒煙に驚きながら、すすで黒くなった御竈殿の様子を眺めて待つ。壁も天井もすすで真っ黒で家屋も古びているがそこにある空気は浄化され、どんな生霊《いきりょう》も入り込む隙が無いことを魂子は感じる。神聖というよりも鬼が自分の領域を守っているという感じだろうか。

神職が祈祷を始めると阿曽女がセイロに米を振り、ブーンという釜の音が鳴り始める。人に恐れられていた鬼もその怒りを人を導く力に変え、今もここに生き続けている。

ふといつか早川幸太郎に助けを求める日が来るような気がした。

吉備津神社（岡山県）

6　三人の久美

大学に限らないかも知れないが、教員が一番悩むのが「評価」だ。魂子はルーブリック評価という評価方法をとっていて、それはパフォーマンス評価とも呼ばれている。どのようなパフォーマンスをどのくらい行ったら「S」評価なのか、「A」「B」「C」評価なのかをあらかじめ学生に伝えておくという評価法だ。つまり、最後のペーパーテストで評価が決まるのではなく、日頃のパフォーマンス、魂子の授業で言えばプロットやエッセイの出来栄えで評価が決まるのである。

そこで悩むのが指導の妥当性だ。その学生が十分にパフォーマンスを発揮出来なかったのは教員の指導が不十分だったからではないか、などと悩んでしまう。近年は指導に改善を重ね、学生の毎時のパフォーマンスの平均点は九十点以上になってきた。それでも八十点以下の学生は二つのケースに分けられる。一つは授業を欠席しがちで何をしてよいかわからず、その後も友達にも教員にもサポートを求めない学生。これは自己責任だろうか。

そもそも他の授業でも欠席しがちなので、いつの間にか大学自体に来なくなってしまう場合が多い。もう一つは何か学生が固有の問題を抱えていて、そのことに教員が対処していない場合だ。

平均点を上げるためにはこうした固有の問題を抱える学生に丁寧に対処する必要がある。エッセイを書くのに時間がかかるなら時間を与えれば良い。だが、すぐには対処方法がわからない学生も少なくない。その一人が秋葉久美《あきばくみ》だった。

秋葉久美は一番前の席に座っていた。あいうえお順で座席は決まっているので、一番前の窓側に座っている。教室の正面にスクリーンがあるため魂子が立つ教卓もまた窓側にあり、久美と魂子はほぼ向き合う感じだった。百名以上の学生が着席する教室だが、最も距離が近い久美の濃い藍色のオーラがふわっと目の前にひろがる。紫とも青とも言えないオーラだ。本人はと言えば、少しうつむき加減でいつも青白い顔をしていた。

久美のエッセイは、常にぴったり五〇〇文字だった。五〇〇文字以上のエッセイであることを条件としているが、多くの学生は六〇〇文字～八〇〇文字程度のエッセイを提出している。
十二回のエッセイのうち「問題と解決」というプロットで書かせるエッセイが三回あった。その三回とも久美は一〇〇文字足りず、四〇〇文字で提出し、大幅に減点せざるを得なかった。三回のプロットはこんな感じだった。

1回目
【問題】友達が出来ない
【試行1】ネットで友達を作ろうとした
【試行2】アルバイトで友達を作ろうとした
【見せ場】大学に入学したがコロナ禍で友達が出来なかった
【解決】

2回目

【問題】　朝起きられない

【試行1】　目覚まし時計をセットしてみた

【試行2】　母親に起こしてもらうようにした

【見せ場】　夜早く寝るようにした

【解決】

3回目

【問題】　将来に夢が持てない

【試行1】　仕事についての雑誌を色々と読んでみた

【試行2】　社会人のいとこに仕事の話を聞いてみた

【見せ場】　母親の職場を見学に行った

【解決】

十二回の演習が終わって最終評価をしようとした時、久美のこの三回の演習の大幅な減点が気になって仕方がなかった。三回の演習が満点なら久美の評価はSかAなのに、B評価を付けざるを得ないのはなんとも納得がいかない。なぜ久美は「解決」部分をプロットにもエッセイにも書かなかったのか。久美の青白いうつむき加減な顔が目に浮かんだ。迷った末に久美に三回の演習の再提出を求めることにした。

久美のコメント欄に「解決部分を書き忘れているようです。再提出を認めますので期日までに再提出してください」と書き込んだ。再提出の期日はそのコメントから一週間後に設定していた。だが、久美からの返信は無かった。

一週間待ったが再提出は無かった。再提出のチャンスは与えた。しかし、そのチャンスは生かされなかった。だからB評価は仕方ないのだと魂子は思うようにした。

魂子は学期の最後のまとめの授業で評価について話をした。

「今日がこの授業の最後の回となります。総合評価はすでにお知らせしている通り、毎時の演習、つまりプロットとエッセイの評価の平均点となります。何かあれば明日のオフィスアワーで相談してください」

目の前にいる久美はいつものように青白い顔でうつむいたまま話を聞いていた。久美はあの三回の演習の評価を確認しているのだろうか。先日送った再提出のコメントも見ていないのかも知れない。あるいは、この言語表現などという基礎科目の単位や評価などどうでも良いと思っているのかもしれない。久美の濃い藍色のオーラを見ながらそんな思いが沸き起こってきた。もう考えないことにしよう。学生にはそれぞれ事情や都合があるのだ。ところが、その夜、秋葉久美から翌日のオフィスアワーの相談申し込みがあった。

＊＊＊

久美は予定通り午後四時二十分に研究室に来た。紺色のスカート、白いブラウス、厚手のクリーム色のカーディガンを羽織っていた。肩まで綺麗に切りそろえられた髪、いつもうつむき加減な久美の顔をよく見たことがなかったことに魂子は気づいた。

「私が秋葉さんに送った再提出のコメントは見てくれたのかな?その相談なんだよね」

魂子の問いかけに久美は首を横に振った。えっ?じゃあ何の相談なの?口からその言葉が出かけたが飲み込んだ。魂子は久美が語り出すのを待つことにした。久美は居心地悪そうに手を握りしめたり、床を見つめたりしていたがようやく口を開いた。

「大学をやめたいんです」

久美の思わぬ言葉に驚いた。

「どうして?ええっと。どうして私に相談するのかな?秋葉さんのアドバイザーの先生には相談したのかな?」

久美はうつむいたまま静かに答えた。

「アドバイザーの先生には相談していません。石部先生に相談したのは、再提出を求められた解決が見つからないことが理由だからです」

意外な答に魂子は動揺していた。ということはあの三つの演習の解決、つまり「友達が出来ない」「朝起きられない」「将来の夢が持てない」が解決しないから「大学をやめたい」ということで、そのことに気づかせたのが魂子というわけだ。久美に確認したかったがどういうわけか勇気が出なかった。しかし、ここはポジティブな返しをしなくてはならない場面だ。

「ということは、あの三つの演習の解決が見つかれば、大学をやめる必要はないってことだよね？」

久美は魂子の質問に返事をしなかった。久美が質問をどうとらえたのかわからなかったが魂子は話を続けた。

「友達が出来ないという問題の解決だけど、授業についてちょっと話せる人も友達って呼べるんじゃない？」

「あと、朝起きられないっていう問題の解決は、私の一限の授業で一回も遅刻したこと無いよね。早寝の成果が出てきているんじゃないかな」

「将来の夢の問題の解決もそんなに明確なものでなくても良いんだよ。出版関係とか、映像関係とかさ」

すると、驚いたことに久美は薄笑いを浮かべて魂子を見た。初めて久美と目が合った。

「そんな解決を先生は求めていたんですか？ちゃんと語り合える友達、授業開始の一時間前には準備をして一日を迎えること、希望する会社で働く自分の姿、そういうことを書かなければ解決にはならない。本当はそういうことですよね」

久美は魂子をにらみながら、よどみなくそう言った。

久美の言う通りだ。魂子は言い返せなかった。

「私はそんな解決は出来そうにありません。だから大学をやめることにしたんです」

そう言うと久美は再びうつむいた。

久美の藍色のオーラが揺らめいて見えた。オーラはふつう体を覆うように広がって見えるのだが、久美のオーラは常に形を変えながら揺らいでいる。何がそうさせるのだろうか。

「秋葉さんの言う通りだね。でも、本当に解決出来ないことなのかな」

「無理です」

久美は魂子が話し終わらないうちに返事をした。

「大学をやめたら、何かしたいことはあるの？」

魂子は話題を変えることにした。

「大学さえ続けられないのに何も出来ませんよ」

久美の返事に再び魂子は言い返せなかった。さらに久美の藍色のオーラが揺らめく。しばらく久美の濃い藍色のオーラを見つめていた。すると、藍色のオーラの中に人の姿らしきものがあることに気づいた。しかも一人ではなく三人ほどはいるだろうか。皆、女の子だ。その三人が久美に何かささやいている。そのささやきを聞くために、魂子は息を止めた。

「ねぇ。お腹痛くない？」

「頭は痛くないの？」

「めまいはしない？」

「耳鳴りはしないのかな？」

口々に久美にささやく。不安をあおるささやきだ。人のオーラの内側に入り込める存在などいるのだろうか。通常、オーラはその人だけのものでそれを奪ったり吸い取ったりすることは出来ない。また、オーラはその人を守るバリヤのような役目も果たしていてその内側に入り込むことは出来ないのだ。この三人は何者なんだろう。ぴたりと久美に寄り添っている。魂子は思い切って確かめることにした。

「秋葉さん、何かささやき声が聞こえる？お腹は痛いとか、めまいはしないとか耳鳴りはしないとか質問されるような声」

久美に寄り添っていた三人が一斉に魂子を見た。魂子は全身に鳥肌が立った。三人は全く同じ顔だった。しかも、三人の顔は久美の顔そのものだった。いや、久美の顔だがかなり幼い顔だ。なるほど、そういうことだったのかと魂子は思った。幼い時の久美がまとわりついているのだ。それぞれに藍色のオーラをまとっているから久美の藍色のオーラは濃く、揺らいで見えるのだ。少し解決の糸口が見えてきた。

「もしかしたら、秋葉さんは幼い頃、体が弱かったのかな？」

黙っていた久美が静かにうなずいた。

「小さい頃から体が弱くて、いつもお腹が痛いし、めまいもするし、耳鳴りもします」

「そうなんだね。不安だよね。誰かに相談したのかな。アドバイザーの先生とか」

「いいえ」

「アドバイザーの先生に相談していいんだよ。不安は声にしていかないと」

久美はふと顔を上げた。

「不安を声にする」

魂子の言葉を久美は繰り返した。久美を心配する幼い時の久美が三人も寄り添っている。

その姿が切なく見えた。

「そう、不安を声にする」

魂子はその言葉に魂を込めた。

「友達と親しくなると、食事に誘われてそこでお腹がいたくなるんじゃないかって不安になります」

「そして、朝早く起きると、低血圧でめまいがして倒れてしまうんじゃないかって不安になるんです」

「あと、何か仕事についても、ストレスで耳鳴りがするような気がして不安です」

久美は立て続けに「不安を声」にした。ずっと胸にあった言葉を声にしたせいなのか、久美は満足げな笑みを浮かべていた。今度は魂子が不安を解決する言葉を声にする番だ。

「ということは以前のプロットだけど、「解決」部分が書けないのも仕方がないかもね。だって「問題」の設定が違うんだから。「友達が出来ない」のが問題なんじゃなくて「お腹が痛くなりやすい」ことが問題だし、「朝起きられない」ことが問題なんじゃなくて「低血圧でめまいがする」ことが問題だよね。そして「将来に夢が持てない」ことが問題じゃなくて「ストレスで耳鳴りがしやすい」ことが問題なんだよ」

久美の顔から笑顔が消えていた。久美の藍色のオーラが大きく揺らぎ、三人の幼い久美が魂子を睨《にら》む。一人は魂子に詰め寄って来た。目は釣り上がり口はへの字に膨らんでいる。

魂子は思わずその子に向かって尋ねた。

「大学やめたいの？」

すると、その子ではなく久美が答えた。

「違います」

三人は一斉に久美を見て首を激しく横に振る。やはり大学をやめさせたいのはこの子たちなのだ。自分自身を守るために作り出した幼いまぼろしの子たち。久美には本当はわかっているのだ。問題は解決できることを。それでも三人の子どもたちは久美が「大学をやめます」と言うのを待っていた。

「再提出するとしたら、いつが締め切りですか？」

三人の子どもたちは驚いて頭を抱えていた。久美の藍色のオーラの揺らぎが弱くなり、久美だけを包み込むように美しい藍色のオーラが拡がった。

「そうだね……。三つの演習課題の再提出になるからね。来週の今日。一週間後で良いかな」

久美は「わかりました」と言って席を立った。

一週間後、久美は次のようなプロットでエッセイを再提出した。

1回目

【問題】　緊張するとお腹がいたくなりやすい

【試行1】　緊張しそうな時は早めにトイレに行くようにした

【試行2】　マイボトルに温かいお湯を入れて持ち歩くようにした

【見せ場】　病院で処方してもらった薬を常備するようにした

【解決】　緊張する場面でもお腹が痛くならなくなった

2回目

【問題】　朝起きると低血圧でめまいがする

【試行1】　時間に余裕を持ってゆっくりと起きるようにした

【試行2】　寝具を体に合うものに替えて使うようにした

【見せ場】　病院で処方してもらった薬を夜飲むようにした

【解決】　低血圧が改善されて朝起きられるようになった

３回目
【問題】　ストレスを感じると耳鳴りがする
【試行１】　ストレスを感じたら好きな音楽を聴くようにした
【試行２】　嫌なことは日記に書いて心にためないようにした
【見せ場】　ストレスを感じたら声に出して人に相談するようにした
【解決】　ストレスを溜めないようにしたので耳鳴りがしなくなった

結局、久美が大学をやめるのかどうかはわからない。しかし、廊下ですれ違った時の久美の藍色のオーラは揺らいではいなかった。

＊＊＊

幼い久美のまぼろしを見て思い出した神社がある。
幼い子どもの笑い声が聞こえる神社だ。東京の半蔵門線「水天宮前《すいてんぐうまえ》」という駅を降りると駅名にもある通り、水天宮《すいてんぐう》がほどなく見えてくる。赤ちゃんを身ごもった女性や赤ちゃんを授かりたい女性が多く訪ねる神社だ。戌《いぬ》の日にはそうした女性で境内はいっぱいになる。しかし、水天宮は女性のためだけの神社ではない。新しい命を育むために常に鳥居から社殿に向けて風が吹く。そのため、その風にさらされているだけでも新しい命を授かる程のご利益《りやく》がある。その風の中に子どもの笑い声が聞こえるのだ。

　今から二百年ほど前、水天宮は九州久留米藩《くるめはん》有馬家《ありまけ》の江戸屋敷内に祀《まつ》られていたという。その水天宮を妊婦が参拝し、鈴をならすための鈴から長く延びたさらしの布のおさがりを腹帯《はらおび》にもらい安産を祈願したところ、とても安産だったことから多くの人が水天宮に安産祈願をすることになったのだという。水天宮は最初に祀られていた赤羽《あかばね》、その後青山、そして日本橋と有馬家とともに都内で場所を替え、現在の水天宮は平成二十八年に建て替えられた新社殿である。先程の子どもの笑い声の話はその新社殿での話だ。

　水天宮を初めて訪れたのは人に頼まれて安産の御守をいただきに行った時だった。朝の五時三十分という早い時間だった。戌の日ではあったが、まだ誰もいない境内にしきりに子どもの声が聞こえるので、なぜだろうとしばらく耳を澄ませて立っていた。すると、鳥居から入った風がふわりと金色のオーラを帯びて社殿を抜けていく。その風の中から子どもの声が聞こえることに気づいた。もしかしたら呼べば久美のように幼い自分に会えるのかも知れない。魂子はそんなことを風の中で考えた。

水天宮（東京都中央区）

7　本当の私

五十歳になった時、『論語』に「五十にして天命を知る」とあるのだから、何のために生まれたのかがすぐにわかるのだと思っていた。ところが、天命は五十三歳になっても、五十五歳になっても一向《いっこう》にわからなかった。そうこうしているうちに、コロナ禍がやってきた。そして三年が過ぎ五十八歳となった。天命がわからないまま六十歳を迎えてしまうのではないかと気持ちが焦り始めた。

大学教員となって二十八年。教職は天命ではない。この世で成すべきことであって、自分のやりたいことではないのだ。何のために生まれたのかなど、もとより答はないのかも知れない。しかし、どうしても答が知りたい。他者のオーラが見えるのだから自分のオーラも見えるかと言うと、そういうわけにはいかないのだ。

自分はなぜこの世に生を受けることになったのか、何をすれば魂が喜ぶのか、それを知りたいと思うのは長く生きてきた魂子ばかりではない。

「ねぇ。魂子先生、どう思う？」

考え事をしていて森口《もりぐち》美和《みわ》の話を聞いていなかった。

「あっ。ごめん。もう一度、話して」

美和は面倒くさそうにゆっくり話し始めた。

「私の前の席の瀬戸さんって人だけど、声をかけても返事をしないし、同じ学科の誰とも話をしないのはどうしてかな?私たち、避けられているのかな？」

美和は授業以外の事をよく相談にくる学生だ。一方で、自分なりの答はすでに用意していてその答に同意が欲しいのだ。うっかり同意してしまうと「魂子先生がそう言っていた」などということになるから、美和の言葉に乗せられないように気をつけている。

「声をかけても返事をしないのは聞こえないからで、誰とも話をしないのはする必要がないから、ということかな」

魂子の答に美和は不服そうな顔をした。

「えーっ。どうして?返事くらいしてもよさそうだけど。話さない理由がわからない」

美和はちょっと横柄《おうへい》なところがあるけれど、何にでも関心を持ち洞察力と直感力に優れた学生だ。おそらく、美和は前に座っている瀬戸陽子に何か違和感を抱いているのだろう。その違和感の正体を知りたくて仕方がないのだ。

「魂子先生のスピリチュアルな力でさぁ、あの子をなんとかしてよ」

美和がちょっと甘えた声を出す。

「友達になりたいってこと？」

少し照れて美和がうなずいた。

美和の気持ちもわからないではない。瀬戸陽子《せとようこ》は身長が一七〇センチほどはあるだろうか。髪を耳までの短髪でまとめていて、細身で身長の高い瀬戸陽子の歩く姿はまるでモデルのようだ。何を考えているのか、どんな人柄なのか、他の学生から関心を持たれても不思議はない気がした。

「私も話をしたことも声を聞いたことも無いんだよ。森口さんと同じ。ちょっと前に声をかけようと思ったことがあったけど、授業が終わって席を見たらすでにいなかった」

　と美和に笑ってみせた。実際のところ、瀬戸陽子は授業が始まる寸前に来て、授業が終了すると同時に教室を出ていってしまう。陽子が書いたエッセイで聞きたいことがあったから、本当に声をかけたかったのだが未だに聞けずにいるのだ。

　聞きたかったのは前回の演習課題で陽子が書いた「比較」のプロットのことだった。

「比較」のプロットとは、二つのものをいくつかの観点を設けて比較して一つの結論を導き出すものである。日々私達が無意識のうちに行っていることだが、文字にするのは案外難しい。なぜなら、比較をしても結論が出ないこともあるし、比較をすること自体が意味のないことも多いからだ。たとえば、犬と猫のどちらが可愛いかなど生体の比較は意味がない。犬という概念と猫という概念は別であるし、特定の犬、特定の猫となると飼い主からするとどちらも可愛いに決まっている。瀬戸陽子はその比較の対象に「今の自分」と「過去の自分」を挙げていた。プロットは次のとおりだった。

【比較対象】今の自分と過去の自分
【観点1】どちらが自由か
【観点2】どちらが好きか
【見せ場】どちらが本当の自分か
【結論】未来の自分に期待したい

瀬戸陽子に尋ねたかったのは「どちらが」の部分だった。プロットだけを見ると今の自分と過去の自分が整理され比較出来ているように見えるが、エッセイは判然としなかった。どちらも「私」で語られ、今と過去の違いがわからなかった。エッセイは次のような一文で始まる。

「私は私のようで私ではない。」

一文に「私」が三つもあり、どの「私」が今の自分なのか過去の自分なのかわからないまま、エッセイは次の一文で終わる。

「私が私になるまで私は待ちたい。」

最後の一文にも「私」が三つもある。ややこしいなぞなぞのようで評価に困った。本人に解説してもらうより他ないと瀬戸陽子に年が明けたら連絡をするつもりでいた。ところが、連絡をする前に陽子は研究室に現れた。

＊＊＊

今年最後の授業を終え、早めに身支度して家路につこうと思っていたら、研究室のドアをたたく音が聞こえた。明日から冬季休業だというのに今頃誰だろう。魂子がドアを開けると、驚いたことに瀬戸陽子が立っていた。

「あれ?瀬戸さんに何か連絡したっけ？」

陽子は困ったように首を横に振って答えた。

「席の後ろの子が、先生が聞きたいことがあるって言っていたから」

なるほど、美和の仕業《しわざ》かと合点《がてん》がいった。

「そうなんだよね。ちょうど良かった。聞きたいことがあるから入って」

陽子を研究室に招き入れた。

陽子はバッグもリュックも持っていなかった。学生は何を入れているのか、いつも大荷物を持ったり、背負ったりしている。たぶん分厚いテキストに参考書、メイク道具や飲み物、昼食などが入っているのだろう。学生は研究室に入ると、まずその荷物の置き場を探すためにキョロキョロと見回す。二つのソファのうち一つがその荷物置き場になる。瀬戸陽子はおそらく荷物を学内のロッカーに預けてきたのだろう。準備が良い。

「何の用でしょうか」

陽子は腕時計をちらと見て魂子に尋ねた。この後、どこかに急いで行く必要があるのかも知れない。魂子は手早く用件を済ませようと思った。

「いや、用事というか、前回、瀬戸さんが書いたエッセイだけど、比較のプロットのエッセイね。最初の行の―私は私のようで私ではない―と最後の行の―私が私になるまで私は待ちたい―がよくわからなくて」

黒のスリムパンツに紺色のコートを羽織りショートカットの陽子は、まばたきもせず魂子を見ていた。オーラが紫色だ。

「先生はどう理解したんですか？」

質問を質問で返され驚いたが、考えてみれば魂子の理解不足かも知れない。魂子は答に自信は無いが、理解しようとしたことは陽子に伝えたいと思った。

「今の私も過去の私も、本当の私ではないっていうことなのかなぁ……」

ちょっと頼りない物言いになったが、それが魂子の解釈だった。陽子は魂子の語尾が消えないうちに返事をした。

「その解釈で間違っていません」

「えっ？間違っていないの？ということは、本当の自分って何？」

思わず本音が出てしまった。

「私は瀬戸陽子ではないということです」

「どういうこと？」

「瀬戸陽子は父母が付けた名前。瀬戸陽子は他の人たちが思い描いている人物。でも、私は私なんです」

魂子は訳がわからなくなった。陽子は何が言いたいのか。陽子の紫色のオーラを見ながら魂子は次の言葉を考えていた。魂子がその言葉を見つけ出す前に陽子が語り始めた。

「目に見えるものの比較は難しくない。でも、心や魂を比較することは難しい。昨日と今日、どちらが自由か。答えは今日だったとしても違和感が残るんです。今日も自由じゃないって。本当の自由を知ることのできる自分はもっと未来にいるって思っています」

ふと、いつも魂子が考えている「天命」という言葉が頭にのぼった。陽子も何のために生まれたのか、その答を待っているのかも知れないと思った。

「瀬戸さんの言っていること、わかるような気がする」

意外な返事だったのか、陽子はちょっと驚いた様子だった。

「居心地が良いな、そこに自分がいるなって感じられるようになりたいって私も考えることがあるんだ」

「先生がそんなことを考えることがあるんですか？」

これまで硬い口調だった陽子がくだけた調子で尋ねた。

「大学の教員として二十八年勤めてきたけれど、それはやりたいことではなく、やるべきことなんだよね。学生みんなの顔を見ると幸せだけど、魂が自由になるということは別だと思う。なんだろうね、この感覚。瀬戸さんも同じ感じかな」

陽子はまた魂子に尋ねた。

「先生はどんな時が魂が自由だと思うんですか？」

まさにそこだ。いつの間にか、陽子の方が魂子の核心部分に迫っている様相になってきた。ふと陽子の大きな瞳に映る自分の姿が見えたような気がした。鏡のように陽子の瞳に映し出される魂子の姿には陽子と同じ紫色のオーラがあった。

「日記を書いたり、好き勝手に小説を書いたりしている時かな」

陽子は優しく微笑んだ。

「良いじゃないですか。素敵です」

そして、陽子は自らを語り始めた。

「先生が自分のことを教えてくれたから……。私は男として生きたいんです。おそらく小さい時からずっとそう思っていたと思います。飛行機のパイロットになって大空を飛んだり、男として世界中を旅行したり、いつか好きな女性に出会って温かい家庭を持ちたい。そう思うと魂が自由になります」

魂子は、陽子の紫色のオーラが研究室いっぱいに広がった気がした。いや、陽子の紫色のオーラだけではなく、魂子自身の紫色のオーラもまた広がっているからかも知れない。

「瀬戸さん、教えてくれてありがとう」

魂子の感謝の言葉に魂がこもる。言語学者だけれど、言葉にこれほどの力があるのかと、研究室いっぱいに広がった紫色のオーラを見ながら魂子は改めて考えさせられた。陽子は今年一番のプレゼントをくれたような気がした。

＊＊＊

陽子の美しい紫色のオーラを見ながら、魂子は京都にあるあの神社を思い出していた。京都駅から十五分ほどバスに乗り「一条戻橋《いちじょうもどりばし》・晴明神社前《せいめいじんじゃまえ》」で下車するとその神社はある。陰陽師《おんみょうじ》で有名な安倍晴明《あべのせいめい》を祀《まつ》った神社で、いつも多くの参拝者でにぎわっている。安倍晴明については『陰陽師』のタイトルで小説に描かれたり、同名のタイトルで映画になったりしているから、その姿をイメージしやすく身近に感じられることが親しまれる理由の一つかもしれない。

晴明神社《せいめいじんじゃ》が多くの人の関心を引くもう一つの理由として、安倍晴明が天文学者であることが挙げられるように思う。星の位置や月の満ち欠けを見て時世を占う力、その力は運命や運気を支配する力であり、宇宙とつながりのある安倍晴明に畏敬《いけい》の念を持つ者も少なくない。その力を借りて古《いにしえ》の朝廷も事なきを得たことが多かったと伝わっている。

幼い時からオーラが見える魂子は、幼少期から鬼の姿が見えたと言われる安倍晴明に親しみを持っていた。しかし、なかなか晴明神社を訪れる機会が無く、初めて晴明神社を訪れたのは大学教員になってしばらくたってからだった。見上げる星や月に赤い影が見え、ニューヨークの貿易センタービル爆破テロ事件など思わぬことも続いた。そんな時、ふと晴明神社に行ってみようと思い立った。

一の鳥居の前に立つとその鳥居の中央に掲げられた神額の五芒星《ごぼうせい》が目に入る。まさにここから先が宇宙という感じだ。本殿まで行くと安倍晴明が鎮座する銅像がある。境内に入ると紫色のオーラに包まれ、昼なのに満天の星々が見えるような気がするのは、境内随所で見られる五芒星が目に入るからだろうか。

境内に入って右手に「人生相談」と書かれた立て札がある。社務所の一角なのだろうか、中に入ると四畳半ほどの待合室と六畳ほどの和室があり、そこが相談所となっている。相談と言っても、そこは晴明神社。生年月日を伝えると星周りを見てくれ、進む道についてアドバイスをしてくれる。星周りと関係のある未来。身体の中にある魂はもしかしたら宇宙の一部だったのかも知れないと魂子は思っている。

8　友だちのミケ

学生の中にはよく魂子の研究室を訪ねてくる学生がいる。

「魂子先生。今時間ありますか？」

ドアの隙間から可愛い目がのぞく。

「どうぞ」

魂子も笑顔で迎える。

その学生はいつも友達を連れてくる。二人連れで来ることもあれば、三人、四人ということもあるが一人で来たことは無い。

そして、友達に必ず次のように言うのだ。

「ねぇ。魂子先生に、オーラ見てもらったら？」

そう言われた友達はちょっとためらった後、

「私のオーラは何色でしょうか？」と尋ねる。

魂子は現在見えているオーラの色を教えてあげるという流れだ。
だが、友達にオーラを見ることを勧めた山村桜子《やまむらさくらこ》は自身のオーラについて問うことはない。

魂子はふと学生との距離感について考えることがある。多くの学生は大学に在学している間に成人となり、社会の荒波に負けないよう厳しく指導する必要がある。そのため、学生と親しくなりすぎるのもどうかと思うのだ。学生とのおしゃべりは楽しい。新しい事をたくさん教えてもらえ、なんだか心身ともに若返っていく気がする。だが、学生との関係は友達でもなく親子でもない。あくまでも子弟の関係を保ち続ける必要がある。いつ、どこに一線を引くか、それが課題だ。

山村桜子に会うと、いつもその課題が頭にのぼる。娘がお友達を呼んで母親に紹介する、桜子の来室はそんな印象を魂子に与えた。そこで魂子は桜子に今まで言ったことのない言葉を投げかけてみた。

「山村さんは、自分のオーラの色を聞かないの？」

連れてきた友人二人がはっとした顔で言った。

「まだ聞いてなかったんだ。桜子も魂子先生に教えてもらいなよ」

桜子は薄笑いを浮かべながら、右手を顔の前まで上げてひらひらと左右に振った。

「いいよ。大丈夫」

その答を意外に思ったのか、友人の一人が桜子の顔を覗《のぞ》き込みながら言った。

「桜子がさぁ。魂子先生のオーラは良く当たるって言ったんだよ」

もう一人の友人も縦に首を振りながら言う。

「そうだよ。桜子は、他の友だちにも魂子先生はすごい、すごいって言ってるじゃん」

桜子はバツが悪そうに、友人から視線をそらせて魂子を見つめた。魂子は桜子の少し涙ぐんだような目を見てオーラの色を聞きたくないのだと思った。いや、言わせたくないのだと思った。

「まぁ、まぁ。山村さんはよく研究室に来るから今度じっくり話をするね。このあと会議があるから今日はこれでおしまい」

三人は立ち上がると一斉に「ありがとうございました」と元気よく頭を下げ研究室を後にした。


その夜、ふと気になって桜子のこれまでの演習で書いたエッセイを見てみた。十二回の演習のうちすでに十回の演習が終わっていたが、思えば友達をテーマにした内容は一つも無かった。そして、まだ確認していない十一回目のファイルは今日提出されたばかりだ。

魂子は昼間の桜子の様子を思い出していた。スキニージーンズを履き、黒い革ジャンを羽織りいつも快活な桜子。短髪の耳から見えるいくつもの銀のピアスが黒い革ジャンを映えさせる。目は黒々として可愛いのになぜか眉間に深いしわがあって、不釣り合いな感じがする。

十一回目のエッセイに桜子が選んだテーマは「猫」だった。今回の演習課題で指定しているプロットは「詳細な叙述」というものだ。部分的なことから書き始め、徐々にその詳細に触れ、最後はそれがどのようなものか全体について述べるというプロットである。

【部分】　気配だけで安心する
【細部1】　三毛でふわふわの触り心地
【細部2】　甘えてくる時の目や不快な時の目の変化
【見せ場】　私の様子を見て、鳴き声を変える
【全体】　それは大切な愛猫《あいびょう》で、私のたった一人の友だちだ

「たった一人の友だち」という桜子の結論が引っ掛かった。同じようなテーマの学生は実は多い。愛犬や愛鳥などについて詳細に綴《つづ》り、それが自分にとってどのような存在なのかを最終段落にまとめるのだが、多くの学生が「愛犬は私にとってかけがえのない家族です」のように締めくくる。だが、桜子にとって愛猫は「友だち」なのだ。なぜ「家族」ではなくて「友だち」なんだろう。

エッセイを見ると、タイプミスだろうか。最後の文章がおかしくなっていた。

「それは、我が家の三毛猫のミケです。ミケは私の友だちだちだちだちだちだちだちだちだちだちだちだちだちだちだちだちだちだち」

＊＊＊

会議が終わって、一息つこうと研究室に戻ったら桜子がドアの前に立っていた。

「山村さん、珍しいね。一人で来たの？」

桜子はいつものように快活に手を振りながら
「魂子先生が、じっくり話すねって言ってたから」

「あぁ、そうだったよね」

魂子はまさか昨日の今日、桜子が来室するとは考えていなかった。

桜子を研究室に招き入れると、桜子はどこに座ろうか迷っているようだった。二人掛けのソファが二つ「く」の字に配置されている。

「山村さん、正面向いて話したいから、そこのソファの真ん中に座ったら？」

桜子を小花柄のソファに座らせた。

「ええっと。何から話そうか？」

魂子が声をかける。桜子はちょっと考えてから、思い切った様子で口を開いた。

「魂子先生が、私のオーラを見てくれるって」

「あぁ、そうだった。初めてだね。山村さんのオーラ見るの」

桜子は黙って魂子を見た。魂子がオーラを見る時、学生は緊張するようで少し顔をこわばらせる。自分には見えないものを人が見ていると思うと恐怖だろう。魂子は恐怖心を与えないようにできるだけオーラの色をすぐに答えるようにして学生の緊張を解いている。

だが、桜子のオーラの色は定まらなかった。オレンジ色に見えたかと思うと、緑に変わり、さらに紫に、青に、黄色にと次々と変化していくのだ。適当なことが言えず、一分ほど経ってから正直に伝えた。

「山村さん、ごめんね。わからない。実は友だちと連れ立って来ている時は、ちゃんと見えているんだよ。今日は緑だなとかオレンジだなって。でも、今日はわからない」

桜子は「あぁ、そうなんですね」と言って、わっはっはと笑うかと魂子は思っていた。

だが、違った。

「私のオーラ、吸い取られちゃったんでしょうか？」

あまりにも意外な桜子の答えに魂子は言葉が出なかった。

「吸い取られた？」

「友だちに私のオーラ、奪われちゃったんでしょうか？」

桜子はうつむいて自分の言葉を言い直した。

「オーラは奪ったり、吸い取ったりできるものじゃないよ」

桜子を励ますように語りかけた。桜子はうつむいたまま返事をしなかった。適当にオーラの色を言えば良かったのかも知れないと魂子は後悔した。桜子はうつむいた顔をゆっくりと上げると魂子の目を見て語りだした。その顔はさっきまでの快活な桜子の顔とは別人だった。

「私は一人にならないように、いつも誰かに合わせているんです。変わり者って言われないように」

「それは別に悪いことじゃないよね。誰かに寄り添って、そして自分も誰かから寄り添ってもらうことは素敵なことだよ」

桜子は眉間にしわを寄せた。

「誰かに合わせるってことは、自分を無くすっていうことなんです。苦しくて辛いことなんです。スキニーパンツをはいている友だちがいれば同じパンツをはき、革ジャンを着ている友だちがいれば同じものを買い、ピアスの穴の位置だって友だちに合わせて開けているんです。辛いことなんです。だから……」

桜子はそこで言葉を止めた。次の言葉に桜子の魂が込められる、魂子はそう思った。

「だから、私だけのオーラなんて無いんです。オーラだって借り物だから」

「借り物か……。そういう発想、先生には無かったよ」

いつの間にかつぶやくように言葉が出ていた。

「実はね。動物にもオーラがあるんだよ」

眉間にしわを寄せていた桜子が驚いた顔をした。

「そうなんですか？」

「うん。人間みたいなはっきりとしたオーラじゃないんだけど、うっすらと色が見えるんだよ」

桜子はスマートフォンをカバンから急いで取り出すと、ミケの写真を魂子に見せた。

「うちのミケはどうですか？」

「明るいグリーン」

桜子に笑顔が戻る。

「グリーンかぁ。ミケ、いいなぁ。グリーンなんだぁ」

すっと桜子の背後に緑のオーラが差した。

「あっ。山村さんに緑のオーラが見えた」

「えっ?本当ですか？」

魂子は自信を持って桜子に伝えた。

「本当だよ。嘘言っても仕方ないもんね。オーラって、心の風景みたいなものなんだよ。楽しさが増すとオレンジになったり、安心すると緑になったり、苦しいと黄色になったりする。ミケのことを考えて、心が落ち着いたのかも知れないね。ミケに感謝！」

そう言うと、桜子も真似て
「ミケに感謝!ミケに感謝!ミケに感謝！」

と何度も繰り返した。そこでふっと思い出した。

「そう言えば、山村さん、昨日提出した電子ファイルのエッセイだけど、最後の方、同じ文字が連打されてたから修正して再提出して欲しいな」

昨日の演習課題のエッセイの最後の一文がおかしくなっていたことを思い出した。

桜子はスマートフォンを操作して、昨日の課題の文章を確認しているようだった。

「そうですか？」

昨日は確かに同じ文字が連打されていた。魂子もスマートフォンで提出された桜子の課題を確認した。すると、驚いたことにきちんと最後の一文が整っていた。

「それは、我が家の三毛猫のミケです。ミケは私を大切に思ってくれる唯一の友だちです」

文字を確認して桜子の顔を見ると、満面の笑みをたたえて魂子を見ていた。明るい緑のオーラがその笑顔を照らし出す。「唯一の友だち」のミケに感謝だ。

＊＊＊

桜子の緑色のオーラを見て、魂子はふとある場所を思い出した。

東京の新宿区にある熊野神社《くまのじんじゃ》である。近くに都庁があり、高層ビルに囲まれた緑のオアシスのような場所だ。場所柄、スーツを着た参拝者の姿を見ることも多い。太陽の化身でもある三本足の烏《からす》を祀《まつ》っている。授与される御守にも八咫烏《やたがらす》をかたどったものがあり、サッカーの試合の前にこの御守を求める人も少なくないという。

魂子はこの熊野神社の周辺のホテルに寝泊まりして原稿を書くことが多い。その理由は神社に巨大な龍神がいるからだ。本殿の中に顔だけでいっぱいになってしまいそうな真っ黒な姿をした龍神がいる。筑波山神社にも龍神がいるが、本殿ではなく龍穴は山の山腹にあり、筑波山神社に行ったからといって龍神がそこにいるとは限らない。

一方、新宿の熊野神社には本殿にほぼ常駐するように龍神がいるのだ。その力を借りない手はない。本殿での参拝はもちろん、より高い所にいた方がその力を感じられることもあり周辺ホテルのできるだけ高層階に泊まって執筆をする。

都庁を設計した者が意識していたかどうかはわからないが、都庁は熊野神社に対してちょうど鳥居の役目を果たしている。都庁の上層階の二股に分かれた間の空間を龍神が通るのを見かけることが多く、魂子は同じホテルの部屋でも都庁側の部屋をリクエストする。

自身のオーラを見ることは難しい。しかし、気分が良い、うれしい、楽しいと感じる時は必ずオーラは輝いている。運気を高める場所があるなら、ちょっと頑張ってそこまで行き、運気を好転させ気分を高めることも必要だ。学生が訪ねる魂子の研究室も、そんな場所になれば良いと魂子は願っている。

熊野神社（東京都新宿区）

9　赤いジャケット

第一印象が結局のところ当たっていることは多い。粗野な感じの学生は最後までワイルドだし、いい加減な感じの学生は休みがちで単位を落とす。印象というよりも教員の経験に基づいた直感と言った方がいいだろうか。オーラもまたそれを裏付けるように、粗野な感じの学生はくすんだ色の、そしていい加減な感じの学生は切れ目の入ったオーラを身にまとっている。注意しなければならないのは第一印象と全く違うオーラをまとっている学生だ。平田亮太《ひらたりょうた》はそのような学生の一人だった。

くせ毛なのか、肩まである髪にはゆるやかにウェーブがあり、やや栗色の髪は光に当たると赤く見える。ひょろりと高い身長は一七五センチくらいだろうか。マスクをしていて顔全体は見えないが、目元、眉毛ははっきりとしている。服装は派手な色合いのパンツと赤いジャケットで遊び慣れている印象を与える。それが平田亮太の第一印象だ。

でも、オーラは紫色。

落ち着いた紫色のオーラが、赤い亮太のジャケットになじまず違和感を覚える。学生を見かけで判断することは良くないことだ。だが、亮太が書くエッセイもまた同じように違和感を与えるのだ。亮太の「比較」のプロットは次のように構成されていた。

【比較対象の提示】　**彼女にするなら見かけか中身か**
【観点１】　**性格の良さは大切か**
【観点２】　**人に自慢できるか**
【見せ場】　**中身は評価されない**
【比較結果】　**見かけの方が大切だ**

「比較」のプロットとは二つの対象を比較して、一つの結論を出すことが求められるプロットである。見た目の大切さを主張したエッセイで、プロットに間違いがあるわけではない。気になるのは【見せ場】にある「中身は評価されない」という箇所だった。

亮太によると性格の良さよりも空気を読んだり、人に合わせたりする気持ちが大切だと言う。だから本人の中身は関係ないのだと。そして楽しい気持ちになるには、どこに行っても自慢できる見た目の良さが優先されるのだと言う。ゆえに中身よりも見かけが大切なのだという結論だ。

論理の展開に間違いはないけれど、だからと言って「中身は評価されない」とするのは飛躍しているのではないか。亮太の赤いジャケットと紫のオーラの違和感が目の前にちらついた。

魂子は、授業が終わり急いで退室しようとする亮太を呼び止めた。

「平田さん」

「何ですか？」

「この前の比較のプロットのエッセイだけど、「中身」っていうのは性格とか価値観って言うことなのかな？」

「そうですけど」

亮太は無愛想に答える。魂子は質問が要領を得ていないのは自覚していた。

「そうすると、中身は評価されないって言い切ってしまうのはちょっと無理があるかなって思うんだけど」

亮太は少し目をそらし憮然として答えた。

「それは先生の意見でしょ。ぼくは二つの観点を挙げてその観点からは中身は評価されないって書いたんです。バイトがあるんです。もういいですか」

言い返せなかった……。確かに亮太の言うとおりだ。魂子は自分の意見を押し付けようとしているのかも知れない。赤いジャケットの亮太を呆然《ぼうぜん》と見送った。ふと気づくと、魂子たちのやりとりを見ている学生が数人いた。亮太の隣の席に座っている菊池《きくち》まり子が気の毒そうに言う。

「石部先生、あまり気にしないほうが良いですよ。悪い子じゃないけど、話しかけても返事をしないし、他の授業では欠席も多いから」

席は指定になっているため、菊池まり子も好んで平田亮太の隣に座っているわけではない。しかも魂子の授業ではプロットの段階で隣の席の人にプロットの説明をするように求めている。気の毒なのは菊池まり子の方だ。「彼女にするなら見かけか中身か」などというテーマの話を聞かせられて不快だったに違いない。

「菊池さんは、どう思った？」

同年齢の学生はあのプロットをどう見たのか、魂子は聞いてみたくなった。

「平田さんのプロットは事実だと思います。結局見かけで判断されることは多いから。でも、本当は違うってことも平田さんは知っているんじゃないかなって思います」

まり子の答は意外なものだった。亮太のプロットを理解しながらも、そのプロットに込められた思いは別にあるのだと言う。「本当は違う」とは何だろう。亮太の赤いジャケットと紫のオーラがまたちらついた。

「本当は違うって、どういうことかな？」

まり子はすぐには答えなかった。言おうか言うまいか言葉にするのをためらっているように見えた。

「あの比較のプロットは五回目の演習でしたよね。一回目から五回目まで全部作り話なんじゃないかって思っています」

「作り話？」

魂子はびっくりして思わず聞き返した。

「作り話って言うか……」

魂子はまり子の次の言葉を待っていた。

「言いにくいんですけど、平田さんのエッセイの文章、どれも見たことがある文章なんです」

「どういうこと？」

「先生はあまりネットのブログとか読まないかも知れませんが、私がよく読むアーティストのブログの文章とそっくりなんです」

そういうことか。考えもしなかった。誰かの文章を借りているなんて。

魂子は研究室に戻って、急いで提出された亮太のファイルを確認した。オンラインの授業システムには、提出されたファイルの内容とネット上の文章との一致度によって警告が出る機能がある。通常はその機能を使っていないが、平田亮太のエッセイの一致度を確認してみた。まり子の言った通りだった。亮太のファイルは、あるアーティストのブログの内容と八〇％以上が一致していた。授業の最初のガイダンスで他者の書いた文章のコピーは駄目だと注意していた。亮太のこれまでのエッセイの点数は0点となる。平田亮太にそのことをオンラインのコメント欄で伝えた。

＊＊＊

予想通り平田亮太は翌日、研究室に姿を見せた。再提出させてくださいとは言わなかった。

「ぼくのエッセイのどこが駄目なんでしょうか？」

亮太は目を吊り上げて魂子を見る。

「ぼくの?平田さんのエッセイじゃないよね。誰か他の人が書いた文章だよね」

「どうしてそんなことがわかるんですか」

「オンラインの授業システムにはネット上の文章との一致度をみる機能があるんだよ」

亮太が少し驚いた顔をする。そんな機能があるなんて考えもしなかったのだろう。

「でも、一度は満点の評価がついていたじゃないですか」

亮太は引き下がらない。おそらく次には「引用」だと主張し、他者のコピーだとしてもその文章を探す努力をしたのだと主張するだろう。研究室の入口で仁王《におう》立ちになっている亮太を落ち着かせたかった。

「まぁまぁ、ドアを閉めて研究室に入って。大声を出すと他の研究室の先生の迷惑になるから」

亮太は研究室のドアを閉めると、こちらを睨《にら》んだ。

「立って話すのも疲れるから、そこのソファに腰掛けて」

亮太は小花柄のソファにふてくされながらどかっと座った。

「確かに満点の評価を一度出したけれど、平田さんを信じていたからその機能を使ったことが無かったんだよ。でも、他者の文章が八〇％占めるとなると、それは平田さんの文章じゃないよね。どうして他の人の文章をコピーしちゃったの？」

亮太はどう答えれば評価がくつがえらないのかを考えている様子だった。魂子を見たり、手元を見たり、時計を見たりしている。

「人気のある、受ける文章じゃなきゃだめだと思ったから」

意外にも素直な理由で少し驚いた。

「別に受ける文章なんか書かなくても良いんだよ。自分の経験や体験、自分の考えを文章で伝える技術を学ぶ授業なんだから」

再び亮太は魂子を睨《にら》んだ。

「ぼくの経験や体験や考えを知りたい人なんかいますかね」

亮太はすごんでみせた。その言葉もどこかで聞いてかっこいいと思ったのだろう。

「そんなこと、伝えてみなくちゃわからないじゃない」

魂子も定型の返事をする。そして、魂子は次の亮太の言葉を待った。亮太の顔を見ると真っ赤だ。相当腹を立てているのだろう。額には汗もにじんでいる。暑かったのだろうか、亮太は着ていた赤いジャケットを脱いだ。すると、驚いたことに、下にはオーラと同じ色の紫色のカーディガンを着ていた。ところどころに毛玉のある、ちょっと年季の入ったカーディガンだ。やけに毛糸が伸びてしまっている。誰かに編んでもらったものなのかもしれない。

「伝えてみたんだよ！」

怒鳴り声が亮太の脱いだ赤いジャケットから不意に聞こえた気がした。当の亮太はうつむいている。

「今何か言った？」

亮太に尋ねると違った返事が返ってきた。

「伝える必要がありますか？」

冷静に亮太は答えた。

「伝えたら、裏切られたんだよ！」

また怒鳴り声が赤いジャケットから聞こえた気がして、魂子はジャケットを見た。再び亮太に「今何か言った？」と聞こうとして亮太を見て驚いた。

亮太の横に誰か立っている。その鬼のような形相に魂子は足がすくんだ。

「平田さん、そのジャケット、誰かからのプレゼントなのかな？」

思わぬ質問だったのだろう。亮太はすぐには答えなかった。

「兄のです」

そっけない答だった。

「そうなんだ。いつもお兄さんが貸してくれているんだね」

余計なことを言ったかと思ったが、亮太の返事が返ってきた。

「そうですよ。兄はもういないからずっと永遠に僕のものです」

魂子は「もういない」の意味がこの世にいないということだと咄嗟《とっさ》に悟った。亮太の横に立っているのは兄なのだろう。よく似ている。

「ついでに聞いていいかな? カーディガンもお兄さんの?」

「これは祖母が編んでくれたものです」

亮太を守る祖母の紫のカーディガンと、怒りを抱えた兄の赤いジャケット。

「話を戻そう。エッセイのことだけど、他の人の文章の借り物じゃ駄目なんだよ。それはその人の思いがあって魂を込めて書いたもの。言葉を借りただけじゃない。その人の魂まで借りてるってことなんだと思う」

「魂?」

亮太が魂子の言葉を繰り返した。亮太の兄が魂子をにらむ。できるだけ兄と目を合わせないように亮太の目だけを見た。

「そうだよ。そのジャケットにはお兄さんの魂が、カーディガンには平田さんのご祖母様の魂が宿っているように、言葉にも文章にも魂があるから」

亮太は傍らに置いたジャケットとカーディガンを見た。

「そうなのかな」

亮太はジャケットをそっとなでた。その瞬間だった。ふわっと紫色のオーラがジャケットを包み込んだ。亮太の横に立っていた兄の姿もまた紫色のオーラに包まれている。

「今からでも、書き直せるのかな」

今度はカーディガンに目をやりながら言った。

「まだ間に合う。読ませてもらいたいな。平田さんのこと」

亮太の口元が緩んだ。

「一ヶ月はかかるかも。でも書き直します」

亮太は兄のジャケットを羽織ると立ち上がった。驚いたことに赤いジャケットが赤紫色に変わっていた。

＊＊＊

立ち去る亮太の後ろ姿を見ながら、紫色のオーラに包まれた彼《か》の地の大いなる神社を魂子は思い出していた。

鳥居から一歩足を踏み入れると異世界に通ずる神社がある。それが皇大神宮《こうたいじんぐう》（伊勢神宮内宮《いせじんぐうないくう》）だ。この世でもあの世でもない間にある世界と言ったら良いだろうか。宇治橋《うじばし》を渡り切ると、全ての人の体からオーラが取り払われ、浄《きよ》められ、魂が元の姿に戻る。自然豊かな神宮全体が紫色のオーラに包まれていて、人がそれぞれオーラをまとう必要が無いのだ。

本殿まで続く長い道のりで、ざっざっという玉砂利を踏む音を耳にしたり、五十鈴川《いすずがわ》で手や口を清めたりしているうちに、皇大神宮に招かれたのだということがわかる。オーラに守られながらも、疲れ切った魂が「ちょっと休みに来たらどう？」と天照大御神《あまてらすおおみかみ》に呼ばれ、ここにいるということが理解できるようになるのだ。

伊勢神宮にはおみくじも、洒落《しゃれ》た御守もない。朱塗りの柱も無ければ、お賽銭《さいせん》を入れる場所でガラガラと鳴らす鈴も無い。神楽殿《かぐらでん》や御饌殿《みけでん》はあるが御正宮《ごしょうぐう》を見ることはできない。

宇治橋を渡って、そこに居るだけで魂は休息し、生きている喜びを実感することができるのが皇大神宮なのだ。

　魂子たちは生きるために、時には怒りの炎に燃える赤いオーラを身にまとい、時には悩み苦しむ黄色いオーラを身にまとう。そんなオーラを脱ぎ捨てられればどれほど魂が楽になるかわからない。しかし、それが生きるということである。

　もし時間に余裕があれば、神楽殿や御饌殿で祈祷してもらうこともできる。神楽殿で雅楽《ががく》の調べとともに舞う巫女《みこ》の姿を見ていると、魂がさらにくつろいでいくのがわかる。ずっとその舞を見ていたいと思うのは、おそらく魂がかつて見た古《いにしえ》の記憶がよみがえるからであろう。

　再び宇治橋を渡って現世界に戻ると、どっと体は重くなり身を守るオーラが体を包む。生きるとはそういうことかと、ここに来るたびに魂子は思う。

10　射幸心

「問題と解決」「原因と結果」「順序」「比較」「詳細な叙述」の五つのプロット全てを一つのテーマで書く学生もいる。同じテーマでも切り口が異なれば、異なるエッセイが出来上がる。魂子が言語表現の科目で目指しているのはそこだ。一つの事柄について多面的に考えられる柔軟性を持たせたい。いつだったか、高校の馬術部での活動について五つのプロットで書いた学生がいた。「問題と解決」のプロットでは負け続けた試合で最後に優勝した経験を書き、「原因と結果」のプロットでは馬術部に所属したことであらゆることに挑戦できる心が育ったと書いた。「比較」のプロットでは、調教する馬との相性の比較を書いていたと思う。「順序」のプロットでは臨場感あふれる競技の模様が書かれていた。「詳細な叙述」では愛馬の毛並みや性格、出生などが実に細かく説明されていた。他者に丁寧に、そして多様に伝える力は社会で最も必要とされている力だ。

倉持拓馬《くらもちたくま》はそのような五つのプロットを一つのテーマで書いた一人だった。テーマは

「金《かね》」だ。拓馬のオーラの色は常ににごり、白いような灰色のようなあいまいな色をしていた。

「問題と解決」のプロットでは時給の少ないバイト先でどのように時給を上げるかを書き、「原因と結果」ではお金のためにバイトをやりすぎて単位を落とした話を書いていた。「比較」のプロットでは自分と友人の五千円のお金の使い方の違いを書き、「順序」のプロットでは、小学校から高校までのお年玉やお小遣いの金額を時系列に書いていた。「詳細な叙述」のプロットでは拓馬の生活費の支出名目が細かくまとめられている。

　特に評価するのに問題があるというわけではないが、魂子は書かれた内容よりも書かれなかった内容が気になった。端的に言うと、なぜそこまでお金に執着するのかということだ。そんなことは指導の範囲ではないことは十分にわかっている。余計なお世話だし、人それぞれ詮索されたくない事情もある。しかし、魂子が気になるのには二つの理由があった。

　一つはオーラだ。倉持拓馬のオーラは濁っているだけではなく、拓馬の身体から離れたり付いたりして、まるでそれ自体が意志を持つ生き物のようだ。そんなオーラを今まで魂子は見たことが無かった。もう一つは魂子が拓馬のアドバイザーであるということだ。他の教員から欠席が多いと報告を受けていて卒業できるか心配だった。それらのことが「金《かね》」というテーマと関係しているような気がして仕方がなかったのだ。

　言語表現の授業の最終課題は魂子が与えたテーマについて、五つのプロットのうち一つのプロットを学生が選んで書くという内容にしてある。将来の就職活動の面接を想定して、どんなテーマに対しても独自の切り口で答えられるようにするためだ。魂子はそのテーマに「働くこと」を選んだ。学生は六十分間でプロットを作成し、さらにエッセイを五〇〇文字以上書かねばならない。

　机間巡視しながら倉持拓馬の課題用紙を見ると、三十分が経過しているというのに何も書いていなかった。働くというテーマはまさにお金に直結するテーマだ。拓馬の得意とする内容ではないかと、筆の進まない拓馬を魂子は不思議に思った。残り十五分というところでようやく拓馬がプロットを書き始めた。

【原因】　親に借金をした
【出来事1】　親の借金を返すために友人から借金をした
【出来事2】　不足分の借金を返すために消費者金融から借金をした
【見せ場】　努力しても借金は減らない
【結果】　一生働き続けなければならない

結局、拓馬はプロットを書き終えたところで、演習の終了時間となってしまった。エッセイは書き上がらなかったが、そういうことかと魂子は思った。拓馬がこれほどまでに「金」に執着するのは借金が原因なのだとわかった。確かに、これまでのエッセイでバイトをしたり、生活費を切り詰めたり努力している様子を書いていたが、それにしてもどのくらい借金があるのだろうか。具体的な内容をエッセイで確認出来なかったことが残念だった。

ところが、拓馬もこれまでの演習の評価が良かったので、エッセイが書けなかったことが悔しかったと見えて「点数にならなくても良いから書き上げたエッセイを提出したい」

と魂子にメールがあった。

＊＊＊

倉持拓馬が研究室に来たのは、金曜日の夕刻の遅い時間であった。大学の教員の多くは一週間のうち一日を研究日に当てていて出校しない。その研究日を金曜日とする教員が多いためか、金曜日は学内が閑散としていた。教員の出校が少なければ授業も当然少なくなる。魂子の研究室があるA棟の三階も金曜日の夕方六時ともなると、教員の姿も学生の姿も廊下で見ることはほとんどなかった。その人気のない薄暗い廊下で、倉持拓馬は魂子が研究室に戻るのを待っていた。

「倉持さん、ずっとここで待っていたの？エッセイはメールの添付で送られてくるのかと思っていたけど、持って来たのかな？」

拓馬は少し申し訳なさそうにうなずいた。

倉持拓馬とは、新年度が始まってからすぐに一度面談をしている。担当する学生にアドバイザーが一斉に行う形式的な面談だ。大学までどのように通学しているか、アルバイトをしているか、勉強時間はどのくらい確保できているか、友達はできたかなど近況を確認し必要があればアドバイスを行う。その時は特に問題なし、ということで十五分ほどの面談だったと思う。印象に残ったことと言えば、濁った白色のオーラが拓馬の身体を離れたり、くっついたりして気味が悪いと思ったことぐらいだった。だが、そのオーラがこの後の面談でこんな事件を引き起こすとはその時は考えもしなかった。

拓馬が手にしているエッセイを受け取るだけでも良かったが、アドバイザーでもある魂子は拓馬を研究室に入れて少し話を聞くことにした。

拓馬は大人しく研究室のソファに座った。

「エッセイは研究室のドアにあるボックスに入れておいてくれても良かったんだけど、手渡したかったんだね」

「ボックスに入れようと思ったんですが、人に見られたくなくて」

確かに、拓馬の言う通りボックスに鍵が付いているわけではないし、ただの空箱をドアに付けてているだけだから心配だったのだろう。

「メールに添付しても……」

と言ったところで、拓馬が魂子の言葉を遮《さえぎ》った。

「書いたエッセイの補足もあったので、石部先生とお話もしたかったんです」

なるほど。エッセイを書いたものの不足している部分があるというわけか。魂子はまだ見ていない拓馬のエッセイを早く確認したくなった。

「倉持さん、エッセイを読ませてもらっても良いかな」

拓馬は手にしていたエッセイを魂子に渡した。エッセイを見てまず驚いたのは借金が百万円だったということだ。一年分の学費に近い金額だ。そんな高額の借金を求められて、ご両親はさぞかし立腹されたことだろう。七十万円を消費者金融から借り、知人五人から六万円ずつ借りて親に一旦返済している。しかし、驚いたのは消費者金融の利息もあるだろうが現在の借金が百十万円に膨れ上がっていることだ。プロットにあった「努力しても借金は減らない」はこの百十万円のことを言っているのだろう。確かにこのままではさらに借金が膨れ上がり、結論の通り「一生働き続けなければならない」ということになる。

「倉持さん、立ち入ったことを聞くようだけど、そもそも何で百万円も借金をしちゃったの？」

魂子は、拓馬の顔色を気にしながら思い切って尋ねてみた。まだ大学一年生だというのに何をしたらそれほど借金ができるのか想像がつかなかった。

「ゲームです」

「ゲームで？」

「そうです。ゲーム内でどんどん課金をしていって、いつの間にか支払えない金額になっていました」

「クレジットカードで払ったっていうこと？」

払えない金額をどんな風に課金できたのかわからなかった。

「いいえ。キャリア決済という携帯会社に請求が行くタイプの支払いです。携帯電話の使用料金と一緒に支払うことができるんです。僕は携帯電話の料金を親に払ってもらっていて、それでゲームの課金の百万円の請求が親に行って、支払ってもらいました」

請求書を見て驚いた親の顔が浮かぶ。

「ご両親は驚いただろうね」

「はい。大学をやめて働けと言われました」

そう言われても仕方がない。百万円は簡単に支払える金額ではない。

「それで、その百万円はご両親に返したんだね」

「半年以内に返さなければ大学をやめさせると言われましたから。エッセイの通り、あちこちから借りて返しました」

では、あのさらに膨れ上がった借金の百十万円はどうしてそうなったのか、魂子は尋ねたくなった。

「エッセイを読むと、その後さらに十万円借金が増えているよね」

拓馬はその質問には答えなかった。拓馬の周りを周回するオーラが気になる。まるでこちらの会話を聞いているようだ。形も縄のようになったり、風船のようにふくらんだり、自在に形を変えながら拓馬の周りを勢いよく回っている。魂子は質問を変えてみた。

「ゲームはもうやっていないよね？」

拓馬の顔色が悪い。今まで拓馬の周りを回っていたオーラが、一瞬動きを止めて形を変えた。見ると大蛇《だいじゃ》のような形をしている。形だけではなく鋭く黒々とした目があり、口には牙がある。やはりオーラではなく魔性の生き物なのだ。拓馬の体を離れ、魂子を睨《にら》んだ。その恐ろしい形相に思わず魂子は立ち上がった。左手にはめていた龍血樹の数珠を確認する。オーラや生霊《いきりょう》なら向かってくることは無いが、魔性の生き物となると取り憑《つ》かれる怖れがある。魂子が使えるのは左手の数珠と魔力を持つ右手しかない。魔性の生き物と対峙《たいじ》するためには、こちらがその存在を認識していることを知らせるために、まず名乗らせることが必要だ。拓馬の口を借りて名乗らせることにした。

「あなたは誰？名を名乗りなさい」

「拓馬だ」

拓馬は唇を動かさずに声を発する。

「拓馬に取り憑いているあなたの名前を名乗りなさい」

「へへっ。そんなことを聞いてどうする？」

魔性の生き物の舐《な》めた態度に怒りがこみ上げる。

「いつ、その子に取り憑いた？」

「夜中に名前を呼ぶから、取り憑いたままでよ」

「名前を呼ぶ？」

「そうさ。丑三つ時にゲームをしながら何度も勝利の女神はいないのかよ、ってこの子が言うからさ」

「勝利の女神？」

蛇の姿をして女神とはよく言ったものだと驚いたが、様子がだんだんわかってきた。もともと拓馬の心にあった射幸心がこの生き物の正体なのだ。射幸心とは偶然の利益を願う心のことだ。誰の心にも少しはある射幸心。労せずに富が得られたなら、と思うこともある。しかし、勤労によって財産を得ようとすることが健全な精神であり、射幸心はその精神を害する。拓馬の射幸心がオーラを操ることになり、いつの間にかオーラが自らの意志を持つ魔性の生き物となって、今度は拓馬の心を操るようになったのだろう。

　魔性の生き物となったオーラはその顔をにやりとさせたり、口を大きく開けてみせたりする。呪文を唱えながら数珠を解き放って魔性の生き物のオーラに当てるか、右手でその鎌首をつかむか。あまり残された時間はない。魂子も取り憑かれたら自分の体から祓《はら》うことは難しいだろう。しかし、数珠を解き放てばオーラの元である拓馬が傷つく可能性がある。右手で鎌首をつかんでも、動きは止められても封ずることまではできまい。そんな弱気な心が魂子の判断を鈍らせる。

　と、その時だった。研究室のドアを叩く音がした。

　返事をするとドアがゆっくりと開いて、早川幸太郎《はやかわこうたろう》と林達夫《はやしたつお》が姿を見せた。

「どうしたの？」

二人の姿を見て魂子が尋ねると、図書館で勉強をしていて休憩を取ろうと外に出たら魂子の研究室の明かりだけが灯っているのが見え、その明かりが明るくなったり暗くなったりするので心配になったのだと言う。

「先生、大丈夫ですか？」

二人はちらと拓馬の方に目をやって小声で魂子に尋ねる。

「うん。ちょっと困ったことになっていて……」

二人は何か手伝えることはあるかと再び小声で言う。上手くいくかどうかわからないが、まじめで、勤勉で、他者を思う心がある二人ならやれると信じて、魂子は手伝ってもらうことにした。

「ちょっと狭いんだけど、あそこに座っている学生さんの両隣に座ってくれるかな？」

細身の二人の学生は拓馬の両隣に座った。二人がけのソファに、三人の学生が体を寄せて座っている。早川幸太郎と林達夫の緑色のオーラが拓馬の上に重なった。

「早川さん、林さん、これから独り言のように私が話すけれど気にしないで。声を立てずにそこに座っていてね」

二人は黙ってうなずいた。魔性の生き物はさらに魂子に迫ってきていた。

魔性の生き物に魂子は語りかけた。

「ほら、見て。もうちゃんと違うオーラが彼にはあるから、あなたが戻る場所はない。ここから出て行きなさい」

魔性の生き物となったオーラは拓馬の方を振り返った。二人のオーラが重なって拓馬は緑色のオーラに包まれていた。魔性の生き物は拓馬の両隣に座る二人をにらんでいる。早川幸太郎も林達夫も心配そうにこちらを見ていた。拓馬はぼんやりと前を見て座ったままだ。魔性の生き物はもう拓馬の体には戻れないと思ったのか、魂子の鼻先まで迫ってきていた。よく見ると、蛇というよりも鬼と言ったほうがよいだろうか。頭の角《つの》は太く天に向かい、目はほとばしる血のように赤く燃えている。口の左右の牙は鋭く長い。魂子は手足の震えが止まらなかった。このような魔物に立ち向かうのは無理かも知れない、魂子がそう思った時だった。

再びドアを叩く音がした。返事をするとドアが開き、そこには瀬戸陽子《せとようこ》と小山京子《こやまきょうこ》の姿があった。二人も心配そうに魂子に尋ねた。

「先生、大丈夫ですか?早川さんと林さんの荷物が図書館に置きっぱなしになっていて、石部先生の研究室に行くと言って、二人とも戻って来ないので様子を見に来ました」

瀬戸陽子と小山京子の紫色のオーラが研究室いっぱいに広がる。

「心配して見に来てくれたんだね」

学生たちの優しさが嬉しく、魂子の心が震えた。その時だった。瀬戸陽子と小山京子の頭上を通って、白濁のオーラがドアの外に出ていくのが見えた。薄暗い廊下に風が吹き、二人の髪が揺れる。目の前を見ると、魂子の鼻先まで来ていた恐ろしい形相の魔性の生き物の姿は無かった。ドアを出て行った白濁のオーラがそれだったのだ。

「早川さん、林さん、もう終わったよ。声を出しても大丈夫」

二人の顔がゆるむ。拓馬は我に返ったように辺りを見回した。

「どうしたんですか?何かあったんですか？」

拓馬はすぐに状況がつかめず、窮屈なソファで魂子に尋ねた。

「うん。四人は私と倉持さんを心配して来てくれたんだよ」

拓馬は申し訳なさそうに、四人に頭を小さく下げた。

「早川さん、林さん、瀬戸さん、小山さん、もう大丈夫。来てくれて本当にありがとう。助かったよ」

四人は嬉しそうにほほえんだ。早川幸太郎と林達夫は立ち上がると、瀬戸陽子と小山京子とともに図書館に戻って行った。研究室は瀬戸陽子と小山京子の放った紫色のオーラで満ち溢れていた。そして、拓馬は早川幸太郎と林達夫の緑色のオーラをまとったままだった。

「倉持さん、アドバイザーとして聞くけど、友達はいるのかな」

「友達って呼べるような人はいないかも知れません」

拓馬が素直に答えた。

「射幸心、っていう言葉があるんだけど知っているかな。まぐれで当たると良いなって期待する気持ちのこと。ゲームに依存するってそういう気持ちが駆り立てるものなんだよ。次は上手くいくはずって根拠のない自信が自分を追い込んでいく。たまに上手くいくと良い気分になる。でもね。いつの間にか自分しか見えなくなる。それが怖い。周りから人が去っていき、家族からも見限られてしまう。そうなってないかな？」

拓馬はうなだれた。

「夜中になると、急にゲームがしたくなって、朝方までやっていて、いつの間にか課金もしていて、寝不足で授業に間に合わなくて。石部先生の授業はアドバイザーだから必死に出席していました」

拓馬の乱れた生活が目に浮かぶようだった。

「過去のことは悔やまなくて良い。でも、これからは生活を変えていこう。大学にちゃんと朝から来て、友達と話をして、私の研究室にも姿を見せてくれるかな」

拓馬は小さくうなずいた。

「借金のことだけど、ちゃんとご両親に話して、友人と消費者金融には早くお金を返した方が良いね。信頼や信用を失うから。そして、少しずつでもアルバイトをしてご両親にお金を返していこう。月にどのくらいアルバイトで稼いでいるの？」

「八万です」

「じゃあ、月に六万円ずつ返せば一年で七十二万円。一年半もあれば、返せるってことだよね。ゲームに課金しなければね。借金のために働くのは一年半で終わりにしよう」

拓馬はほほえみながらうなずいた。立ち上がって研究室を出ていく拓馬の姿には緑色のオーラがあった。拓馬の姿を見送りながら魂子はふとある神社を思い出した。努力する者を応援する神社だ。

＊＊＊

努力を重ねる者を応援するのは人ばかりではない。埼玉県日高《ひだか》市にある高麗神社《こまじんじゃ》は努力している人を後押しする神社だ。参拝した後に、日本の首相となった政治家も少なくなく、幸田露伴《こうだろはん》や尾崎紅葉《おざきこうよう》、坂口安吾《さかぐちあんご》や太宰治《だざいおさむ》など多くの文人も訪れている。

祀《まつ》られているのは、かつて大国だった朝鮮半島の高句麗《こうくり》から渡来した、高麗王若光《こまのこきしじゃっこう》である。高句麗が滅亡の危機にあって、若光《じゃっこう》は日本の支援を求めて高句麗からの使節団の一員として日本に渡来し、その間に高句麗は滅亡した。今から一三五〇年以上前のことである。

その後、祖国の無くなった若光は、大和朝廷に官人として仕え、大和朝廷は若光に外国の王族出身者に与える「王《こきし》」の称号を与えた。大和朝廷は今の静岡、山梨、神奈川、千葉、茨城、栃木に住んでいた高句麗人一七九九人を埼玉に移して「高麗郡《こまぐん》」とし、その長官として郡をまとめたのが若光だった。

呼び寄せられた高句麗人は若光のもと、未開の武蔵野の地を開拓し、若光はこの地で波乱万丈の生涯を終えた。その若光の徳を偲び、霊を祀り、守護神としたのが高麗神社の由来だ。若光が没しても若光の子孫が祭祀《さいし》を務め、未開の地を開拓し努力する者を守る若光の心もまた受け継がれている。

勤勉であること、努力を重ねることは難しい。不運なことが度重なれば心は乱れ、一発逆転の偶然の運に賭けたくなる。しかし、結局のところ努力を重ねる意外に救われる道は無い。人も神も努力を重ねる者のみを後押しするものである。

多くの神社で提示されている祈祷のための玉串料《たまぐしりょう》。最低でも三千円からであろうか。神楽がつくと、おそらく一万円以上ということになろう。高麗神社では祈祷を申し込むと「玉串料」と書かれた封筒が渡される。だが、その中に入れる金額は提示されていない。その玉串料の封筒に入れるのは金額ではなく気持ちなのだ。封入された金額に関係なく、お札《ふだ》は等しく祈願者に渡される。

魂子は研究に行き詰まった時、家族が思わぬ災難に遭った時、不遇な事が続いた時に何度も涙をこらえながら高麗神社の御神門をくぐって参拝をした。努力を諦めないために、努力を続けることを誓うために。

努力する人を後押しするには力がいる。知恵も精神力も体力も必要だ。心も体も健康でなければならない。そのためには自身もまた努力を重ねる者でなければならないと魂子は思っている。

あとがき

本書に登場する人物は実在の人物ではありません。また、本書で紹介するプロットやエッセイも実在するものではありません。

それぞれの事件に登場する人物やプロットを通して著者が伝えたかったことは、今を生きる若者の様々な苦悩です。そして、その苦悩を決して一人で抱え込む必要はないのだというメッセージです。

著者は大学教員になって間もなく三十年目を迎えます。この三十年ほどで社会は大きく発展してきましたが、若者の抱える苦悩は増すばかりです。その若者の苦悩に「言葉」という柔らかな光を当て、周りに居る者がその「言葉」を手掛かりに若者の抱える苦悩に気づき支えることが出来たら、そう願って本書を書きました。

これまでに読んだ学生のエッセイは十八万作品にのぼります。その中から自己肯定感や性自認、健康の問題など十のテーマを選び、それぞれの章としました。そのテーマの課題を解決する魂子は著者自身ではありませんが、そうありたいと願っています。

［著者紹介］

入部明子（いりべ・あきこ）

本名、石垣明子　一九六四年福岡県生まれ
筑波大学大学院教育学研究科博士課程単位取得満期退学。現在、つくば国際大学医療保健学部医療技術学科教授。二〇〇二年度から二〇一二年度までＮＨＫラジオ高校講座「国語表現Ｉ」監修・講師、二〇一四年度から二〇一七年度までＮＨＫテレビ高校講座「国語表現」監修・講師。専門は日米の比較言語教育学。主な著書に『パワー・ライティング入門』、『パラレル・ライティング入門』（共に大修館書店）『その国語力で裁判員になれますか』（明治書院）他多数

【新装版】石部魂子《いしべたまこ》教授《きょうじゅ》の事件簿《じけんぼ》

二〇二四年一月一日　第一版第一刷発行

著　者　入部明子《いりべあきこ》
発行者　西田　勝
発行所　銀河書籍　TEL：〇七二-三五〇-三八六六
　　　　大阪府堺市堺区南旅篭町東四-一-一
発売所　（株）星雲社（共同出版社・流通責任出版社）
　　　　東京都文京区水道一-三-三十
　　　　TEL：〇三-三八六八-三二七五
印刷・製本　有限会社ニシダ印刷製本
定価は裏表紙に表記してあります。
乱丁・落丁本の場合は左記宛にご送付ください。
ISBN 978-4-434-33430-6